FRANÇOIS BÉGAUDEAU

AU DÉBUT

Du même auteur :

ROMANS :
La blessure la vraie, *Verticales, 2011*
Vers la douceur, *Verticales, 2009*
Fin de l'histoire, *Verticales, 2007*
Entre les murs, *Verticales, 2006*
Dans la diagonale, *Verticales, 2005*
Un démocrate, Mick Jagger, *Naïves, 2005*
Jouer juste, *Verticales, 2003*

ESSAIS :
Tu seras écrivain mon fils, *Bréal, 2011*
Parce que ça nous plaît, *Larousse, 2010* (avec Joy Sorman)
Antimanuel de littérature, *Bréal, 2008*
Une année en France, *Gallimard, 2007* (avec Olivier Rohe et Arno Bertina)

THÉÂTRE :
Le problème, *Théâtre ouvert, coll. « Tapuscrit », 2008*
Pièce créée au Théâtre du Nord, en janvier 2010, puis jouée au Théâtre du Rond-Point. Mise en scène : Arnaud Meunier

AUTRES OUVRAGES :
L'invention du jeu, *Hélium, 2009*
La politique par le sport, *Denoël, 2009* (directeur d'ouvrage)
Le sport par les gestes, *Calmann-Lévy, 2007* (directeur d'ouvrage)

Le site de l'auteur : www.begaudeau.info

AU DÉBUT

FRANÇOIS BÉGAUDEAU

Alma, éditeur. Paris

Ouvrage publié sous la direction
de Sean J. Rose.

ISBN : 978-2-36279-013-3
Collection Pabloïd, ISSN : 2177-6604

Au début je ne sais plus trop comment ça s'est fait.

Je peux dater la demande d'Alain, enfin je l'ai pu dès lors qu'un événement a pris pour nom 21 avril 2002. On avait déjeuné sur les bords de Loire et dissipé dans le bien-être nos scrupules d'avoir séché le vote, quand il a murmuré quelque chose que dans la somnolence de la digestion j'ai douté d'avoir entendu. Il a répété : je serais pas contre un heureux événement moi. Mot pour mot. Il avait ruminé sa phrase, qu'un moi tout oral a spontanément ponctuée pour atténuer la gêne, ménager sa pudeur.

En revanche impossible de dater ma décision. Parce que décision n'est pas le mot. C'est progressif, subreptice, ça chemine en souterrain. Une nappe phréatique qui s'étale en vous, devient si familière qu'elle semble couler de source. Les concubins devenaient des mariés qui devenaient des parents, c'était l'ordre des choses. Nous étions sur des rails qui passaient par cette gare, j'ai arrêté la pilule.

Quarante-cinq jours plus tard j'étais enceinte.

La rapidité du processus m'a forgé la certitude rétroactive que j'avais eu raison d'épouser la norme. Devant le fait accompli si vite et si bien, le saut dans le vide a pris la force d'un désir.

Quarante-cinq jours alors que d'autres rament des années. J'ai remercié une entité supérieure dont l'idée de l'existence ne m'avait jamais effleurée – et qui de fait ne s'est plus manifestée pendant les cinq années suivantes.

Quand nous sommes arrivés pour la première échographie, le 24 septembre (anniversaire d'Alain), une femme au ventre gros se passait une main tremblante dans des cheveux sales, au milieu du parking. Elle a demandé la direction de la clinique posée à quinze mètres, gros bloc de béton blanc immanquable. Je l'ai invitée à nous suivre. Après s'être exclamée bonne idée elle est restée plantée comme un plot sur le bitume. Je me suis dit OK on y est.

Le docteur avait des moustaches, un des nombreux détails relevés par moi ce jour-là pour les classer dans la catégorie bon signe ou mauvais signe. Les moustaches : bon signe. C'est comme ça. Pas trop creuser. Comme la joie d'avoir un enfant de signe taureau alors que l'astrologie très peu pour moi.

Le moustachu s'appelait Guillebeau, terminaison typique Pays de la Loire, bon signe.

On était devant l'écran comme deux poules devant un tas de mégots, alors on s'en est remis à l'expert. Qui a joué de sa souris pour pointer une petite forme. Puis une autre, à peu près identique, accolée à la première.

Une forme + une forme = deux formes.

Avec Alain on avait peu anticipé, peu délibéré, résolus à nous laisser porter. Le seul accord formulé c'était : surtout pas de jumeaux. Je doute qu'il se soit trouvé un seul parent, dans l'histoire mondiale de la gestation, pour se souhaiter cette galère.

Nous voyant pâlir de concert, duo de clowns blancs, le dénommé Guillebeau a souri : mais rassurez-vous ils sont tous les deux morts. La bonhomie du carabin. Limite triomphant, il a prouvé ce qu'il avançait en pointant la place du cœur, des cœurs – qui ne battaient pas.

Un embryon supplémentaire puis deux de moins, tout ça en trente secondes. Il paraît qu'en Écosse certaines douches font cet effet-là.

On a eu du mal à retrouver la sortie de la clinique, puis la voiture sur le parking où la femme aux cheveux sales fumait une cigarette éteinte.

On s'est arrêtés déjeuner au Buffalo Grill de Saint-Herblain, vide un mardi à 11 h 30. Alain a englouti trois parts de clafoutis aux cerises pour ses vingt-neuf ans. À vrai dire le soulagement dominait ; l'impression qu'on avait davantage évité le pire que perdu le meilleur. Un mal pour un bien. Dans les circonstances les plus marquantes il ne vient que des formules à la con. À croire qu'elles ont été inventées par un chœur millénaire de vieillardes pour mettre des mots sur ce qui désarme le langage. Comme mon père lorsque je lui avais annoncé la bonne nouvelle : c'est bien c'est bien oh dis donc qu'est-ce que c'est bien. Puis la mauvaise : qu'est-ce que tu veux ça arrive, tant que toi t'es pas morte c'est l'essentiel.

Même le bavard Internet n'a pas su m'expliquer ce qui s'était mal passé. Ces choses-là repartent aussi mystérieusement qu'elles sont arrivées.

Après dix jours avec une double chose morte dans le ventre je suis retournée à la clinique pour le curetage. À titre de réconfort le carabin en chef a dit que c'était l'équivalent d'un avortement, on aspire et hop c'est propre. Là on gratterait juste un poil plus longtemps l'utérus parce qu'une grossesse gémellaire laisse un poil plus de traces, comme une fête où il y a plus d'invités que prévu vous voyez ?

Je voyais.

On a décidé d'enchaîner. Garder le rythme, pas se laisser abattre. Deux mois plus tard, rejackpot. J'ai pensé que j'étais une putain de matrice, et qu'une déconvenue est toujours compensée, un bien pour un mal pour un bien. Un mois et demi plus tard j'ai découvert que la réciproque était vraie. Un bien pour un mal pour un bien pour un mal.

Grossesse môlaire, ont-ils dit. J'ai cherché dans un dictionnaire médical, en vain, mais au passage j'ai appris qu'en l'espèce môle signifie croissance anormale du placenta aboutissant à un avortement précoce. Wikipédia a complété : le placenta réunit l'embryon puis le fœtus à la mère, il est l'une des principales caractéristiques distinguant les mammifères des autres vivants du règne animal.

Après le curetage, même technique même stupeur, on m'a conseillé d'attendre un an avant de relancer la manœuvre. Le temps que tout rentre dans l'ordre.

Je commençais à me demander de quel ordre on parlait.

Au bout du délai recommandé, pendant lequel j'ai dû être suivie parce qu'il arrive que les môles dégénèrent en cancer, on s'y est remis avec tant d'ardeur que ça a abouti dès janvier 2004. J'ai pensé que j'étais une putain de matrice, et aussi qu'on avait bien fait de donner un prénom à l'enfant pour forcer le destin. David ou Jeanne, selon. Deux combattants qu'une adversité gigantesque voire anglaise n'effraie pas.

Je crois que je n'ai jamais autant désiré être mère que pendant cette période de deux mois avant la fausse couche. Le docteur, sans moustache celui-là d'où l'échec peut-être, m'a appris ce qu'était un œuf clair : l'embryon apparaît et au bout d'un temps ses cellules ne se développent plus. En gros la vie renonce à elle-même.

Comme il s'apprêtait à détailler en quoi consistait le curetage que j'allais subir, je l'ai dispensé de se donner cette peine.

En revanche trois mois plus tard j'ai bien voulu qu'on m'explique ce qu'était la synéchie qu'on m'avait découverte. J'ai peiné, d'une part à l'orthographier mentalement, d'autre part à me représenter ces deux tissus collés entre l'utérus et un ovaire. On entend tissu, on visualise tissu, alors que rien à voir. Spontanément je m'imaginais un fil dentaire coincé sous la gencive, peut-être par association verbale avec la grossesse môlaire. De toute façon s'il fallait attendre que le patient comprenne son dysfonctionnement pour le réparer, les tables d'opération resteraient vides.

Après quelques mois et un nouvel œuf clair en décembre 2004, des tests beaucoup plus approfondis que ceux, routiniers, qu'on nous avait suggérés après le premier échec se sont avérés muets. D'un point de vue strictement physique Alain et moi étions opérationnels. Alors je me suis résignée à ce que j'avais toujours refusé.

Une collègue des Galeries Lafayette m'avait parlé de sa psy comme d'une guérisseuse miracle. C'est en la consultant qu'elle avait conçu la nécessité d'une réconciliation avec sa mère, puis acquis la force de passer à l'acte. Moi avec la mienne je n'avais pas à le faire puisqu'une sclérose en plaques l'avait emportée vingt ans plus tôt. Certes, a dit la guérisseuse, mais il faut vous réconcilier avec sa mort.

Il est bien vrai que je n'avais jamais accepté ni désiré accepter ce scandale. Maman livide dans un cercueil au moment où j'entrais en quatrième c'était inacceptable, ni plus ni moins. La guérisseuse a approuvé pour mieux désapprouver : là réside sans doute l'origine d'un refus de la maternité qui provoque les blocages qu'on sait. J'ai dit bon, très bien, l'origine, d'accord, et j'ai consenti à la cure en mettant le paquet, trois séances par semaine, on n'était pas là pour rigoler. Une fois accompli le travail de faire mourir ma mère, je me suis sentie légère comme jamais et plus sereine pour occuper une fonction que j'avais toujours eu l'impression d'usurper – inconsciemment, donc.

La grossesse qui s'en est suivie a duré presque trois mois. Cela complique un peu le curetage, comme le fœtus a eu le temps de se développer il y a davantage de trucs à nettoyer. Une fête où se serait invité tout l'immeuble, aurait expliqué le carabin moustachu.

Alain ne se sentait pas d'attaque pour l'adoption. Le principe ne le rebutait pas, mais troquer le parcours du combattant médical contre celui du combattant administratif, sachant qu'il durerait minimum deux ans, ne lui semblait pas une perspective si reposante. À moi non plus. Depuis le début nous étions d'accord sur l'essentiel. Je croisais les doigts pour que ça dure, avec en tête ces couples que l'adversité d'une tragédie commune soudait puis fissurait. Quoi qu'on dise la patience de l'amour a des limites.

Moyennant quoi je me suis ralliée à l'idée d'une fécondation in vitro, qu'au bout de deux semaines de traitement j'ai appelée la FIV, comme tout le monde – peut-être une façon, paradoxale, d'humaniser la chose. Le nom complet m'évoquait l'album In utero de Nirvana que m'avait offert Alain à notre deuxième rendez-vous, et par extension le suicide de Kurt Cobain. À la même période j'ai appris l'expression tué dans l'œuf. Ou peut-être les circonstances ont-elles fait que je me suis mise à l'entendre partout. Je commençais à admettre la défaite, il faut croire. En septembre 2005 je me suis fait une piqûre quotidienne pour booster les hormones. L'aiguille dans le gras du ventre j'aimais bien, et donner une contenance à ma volonté vouée sans cela à ronger du vide.

Le moment de l'insémination est arrivé. Plus tard Alain m'a dit que malgré les magazines pornos à disposition c'est à moi qu'il avait pensé pour se masturber, à mon petit cul de reine c'était son expression. J'ai bien aimé l'idée.

La piqûre n'a rien donné.

Ni la seconde fois.

J'ai consulté un nouveau gynéco, plus si sûre que les examens approfondis aient été si profonds. Un patronyme pas du tout en -eau, plutôt genre alsacien, et pourtant beaucoup plus fiable, sauf qu'au plafond il avait fait peindre des anges avec des arcs bandés pour qu'on les voie pendant l'examen, jambes écartelées, yeux vers le ciel irréprochablement bleu qu'un petit avion rayait d'une ligne mousseuse de vapeur blanche. D'autres examens ont établi que mes ovaires ne seraient plus viables très longtemps. Le présumé Alsacien a voulu me donner leur âge effectif, je l'ai arrêté au milieu de sa phrase. À tout prendre je préférais ne pas connaître ma date de péremption.

Dans ces conditions la préparation à la FIV devait s'interrompre. À moins d'aller en Belgique où ils sont moins regardants pour les procréations assistées ou les avortements.

On n'est pas allés en Belgique ni rien. On est restés à la maison. Bien au chaud. On aurait eu une cheminée qu'elle aurait parfaitement convenu au tableau. Résolus à une sédentarité aussi spatiale que mentale. À suspendre la lutte quelques mois. À reprendre les cours de salsa et du poil de la bête au magasin – en quémandant la faveur de ne plus m'occuper de l'étage jouets et peluches.

Alain a obtenu un poste de directeur de rayon au Casino de l'île Beaulieu, où il avait fait du foot en cadets avec François. On a cherché une maison à Saint-Sébastien, de l'autre côté du fleuve. Ça nous a occupé l'esprit. Comparer, évaluer, imaginer le mobilier adapté. Des raisonnements en béton pour se désintoxiquer des spéculations hors-sol. Même quand on comptait les chambres on pensait avant tout aux amis qu'on inviterait, pas à la contenance requise par une progéniture nombreuse.

Un soir de cette période je suis tombée sur une interview télé de la mère de Moussaoui, le Français soupçonné d'avoir participé à la préparation de l'attaque du

11-Septembre. Elle ne se posait pas la question du pardon, répétait qu'elle aimait son fils envers et contre tout, évoquait le soutien épistolaire de certaines mères de victimes des attentats. J'ai pensé qu'il y avait peut-être pire que d'échouer à avoir un enfant : y parvenir. Je m'habituais lentement à l'idée que je pourrais vivre sans.

Quelques jours avant le compromis de vente je suis tombée enceinte. En l'écrivant je réalise l'étrangeté pertinente de cette expression, tomber enceinte. Changement de programme, cet enfant s'appellerait Gabriel, annoncé à moi sans que je l'aie vu venir.

Passé les trois mois, j'ai su que c'était la bonne. Jamais été aussi heureuse de grossir. J'ai cessé d'aller à l'hôpital tous les trois jours pour signaler un mal d'estomac ou de genou comme je l'avais fait les premières semaines. Grande confiance soudain. Putain de matrice.

J'ai appris que le bébé dormait vingt heures par jour dans le ventre, et que pendant le temps éveillé il pratiquait une sorte de musculation. En vue de quelle épreuve ? Préparatoires à quel combat, les coups de pied que mon ventre encaissait dans la douleur et l'extase ? Celui de l'existence je présume.

À moins que ce soit l'impatience de vivre. Le terme était fixé le 10 mai, les premières contractions m'ont réveillée le matin du dimanche 6. Le standard de la clinique m'a recommandé d'attendre pour venir. Là je me suis sentie très seule, et j'ai contrefait une voix assurée pour laisser un message à Alain, qu'il revienne plus tôt de Paris où son frère lui avait offert une finale de Coupe de France. Le téléphone sitôt raccroché, une contraction beaucoup plus forte m'a jetée à terre. Puis d'autres, de plus en plus proches, toutes saluées par un hurlement de bête mutilée. Je n'ai pas été surprise que la voisine sonne. Sauf qu'elle venait pour utiliser mon fixe, le sien était en dérangement. J'ai serré les dents pour dire oui oui bien sûr allez-y. Après son coup de fil aux télécoms elle s'est rendu compte que je me tordais. J'ai désigné mon ventre, elle a proposé de m'emmener dans sa Smart.

Au feu du cours des 50-Otages elle a insulté en russe un pépé qui tardait à redémarrer. Je lui découvrais cette origine, et franchement j'aurais souhaité un chauffeur plus calme, moins slave. Je crois bien que c'est la première fois que le mot slave me passait dans le cerveau.

On est arrivées à l'hôpital à 12 h 30 et le premier diagnostic du monitoring a été le même qu'au téléphone. Faux travail. C'est l'expression. On dirait que ça travaille mais non. Le couteau qui me transperçait toutes les cinq minutes était en plastique mou.

Jusqu'à 15 h 30 j'ai continué à avoir faussement mal sur le seul lit disponible ; à pousser des faux cris. Les minutes passaient et le monitoring rendait un verdict invariable. Je couvais sans doute un faux enfant. J'ai imaginé des faux bras, premier d'une longue suite de montages mentaux absurdes. Quand on m'a informée qu'on allait me garder pour la nuit, j'ai crié que d'ici là les contractions m'auraient tuée treize fois. Pourquoi treize plutôt que quatorze ou vingt-deux je ne saurais dire. Alain est arrivé juste au moment où j'allais leur balancer mon plateau-repas à la gueule, parce qu'il signifiait qu'on ne me tenait pas à jeun et qu'on remettait au lendemain. D'une voix de maman il m'a dit que ces gens connaissaient leur métier, que tout se passerait bien si je restais sage.

J'ai promis.

Au téléphone Karine, qui en a eu trois, m'a convaincue d'exiger un examen sur-le-champ. Ce que j'ai fait, pour m'entendre dire que le docteur ne serait pas disponible avant une demi-heure. Un patronyme en -oux, j'aurais dû me méfier. Quand Alain est revenu de dîner avec la nouvelle de la victoire de Sarkozy j'ai compris que cet enfoiré de Poiroux était planté devant la soirée électorale. J'ai crié qu'on s'en foutait du président de la République et il est apparu en remontant ses manches. Le docteur, je veux dire.

Après examen le col était ouvert à 4. Entrouvert, en somme. Il m'a invitée à pousser, j'ai demandé pousser ça veut dire quoi au juste ? Il a dit que c'était comme pour faire caca. J'ai dit que je ne voulais pas me chier dessus, et lui qu'il ne fallait pas se gêner, que je ne serais ni la première ni la dernière depuis Ève. J'ai poussé. Sans me départir de la honte anticipée d'éjecter de la merde plutôt qu'un enfant.

J'avais toujours associé la morphine au mourant à qui on épargne les dernières souffrances superflues. En fait on s'en sert aussi au début de la vie. Ça m'a fait magnifiquement planer et basculer de l'autre côté de la raison. Je ne me suis plus entendue dire quelque chose de sensé. L'ouverture du col s'est bloquée à 5, j'étais trop tendue, pour une piqûre elles s'y sont mises à trois tellement j'avais le bras raide, et finalement c'est un jeune interne qui m'a décrispée en me passant la main sur la joue. Pour un peu je lui aurais donné une moustache.

Des tas de gens entraient et sortaient que sans mes lunettes je n'identifiais pas. Chaque fois je demandais qui c'est, et Alain confit d'impuissance était tout content de m'informer : ça c'est une infirmière, ça c'est l'anesthésiste, ça c'est ton frère. À un moment une silhouette menue s'est approchée qui est devenue un homme asiatique. Il s'est présenté comme la sage-femme, j'ai crié qu'on arrête de se foutre de ma gueule. Ils ont fait venir une femme, les choses rentraient dans l'ordre.

La péridurale n'a fonctionné qu'à moitié, les contractions me foudroyaient tout le côté gauche. Chaque fois mon corps se scindait, d'un côté le Moyen Âge, de l'autre le XXIe siècle. Plus tard j'ai appris que le moindre mouvement au moment où l'aiguille vise la moelle épinière entraîne ce genre d'approximations. J'avais dû bouger.

Comme le col refusait de s'ouvrir dûment, ils ont commencé à y aller au poing, un assaut tous les quarts d'heure. Je n'objectais plus à rien, mon langage se limitait à des grognements monosyllabiques. Un mammifère marin passant par là y aurait répondu, reconnaissant un semblable. Et puis le médecin a dit qu'il allait utiliser les spatules, que ce serait un peu pénible, mais que bon il le fallait. Dans le brouillard j'ai compris qu'il s'agissait des forceps. Nouvelle variété de douleur, même absence de résultat.

On m'a conduite à la salle d'opération pour une césarienne. Au fin fond de mon délire je me souviens très bien m'être interrogée sur ce mot. Rapport avec la femme de l'empereur ? Une nomination aux trophées du cinéma français ? Le César de l'accouchement le plus horrible de l'année est attribué à moi-même.

Alain, qu'ils avaient exceptionnellement laissé entrer pour endiguer ma logorrhée fielleuse, m'a raconté plus tard que je les avais menacés de mort s'ils me faisaient encore du mal, et qu'ils devraient répondre du crime d'avoir inoculé aux femmes ce poison d'enfanter, et que je lâcherais mes treize dobermans sur eux, et que présentement je leur interdisais de m'ouvrir le ventre. En fait ils étaient en train de me le recoudre, ils avaient déjà extrait et emmené le bébé.

Je n'avais rien senti passer, il ne s'était rien passé. Il n'y avait pas eu de naissance. Tout était un mensonge. En sortant Alain m'avait gratifiée d'un sourire perfide. Tout était faux même lui. J'ai pensé à ces femmes qui accouchent toutes seules dans une cave et jettent le paquet dans la première benne.

Après m'avoir recousue ils l'ont posée sur mon ventre et j'ai pleuré de joie. D'épuisement et de joie. Petite boule chaude posée sur mes seins dévastés. L'événement avait bien eu lieu et je confirme qu'il est heureux. Alain pleurait aussi. À son tour de monologuer sans fin, je l'approuvais sans comprendre. J'étais morte et elle en vie. Ma petite Gabrielle tombée du ciel. Tous les enfants sont des anges. Naïve comme j'étais l'histoire des cigognes qui les déposent sur les cheminées m'avait toujours paru une fable.

J'ai rassemblé le peu d'expertise que j'avais pour m'en occuper. Jamais été aussi fatiguée au moment même où il m'aurait fallu une santé de fer pour soutenir l'effort de concentration nécessaire.

Je suis restée une semaine à la clinique pour me retaper après la césarienne. Je n'ai pas pu me lever pendant trois jours, ça tirait à chaque mouvement. Comment c'était quand ils coupaient à la verticale ? Peut-être que nos ancêtres étaient plus dures au mal. Peut-être que pas du tout et qu'elles ont souffert comme des bêtes pendant des centaines de milliers d'années. Mammifères.

Le troisième jour mon frère est repassé me voir, et en entrant son fils de quatre ans s'est figé : il ne reconnaissait pas cette dame aux cheveux sales et au teint pâle. Là je me suis dit c'est pas possible, je ne veux pas être une larve méconnaissable pour mon neveu. Quand j'ai su qu'ils revenaient le surlendemain, j'ai serré les dents sur un bout de bois imaginaire et je me suis levée pour prendre une douche et les accueillir assise à la fenêtre. Cette fois le petit s'est précipité dans mes bras en criant tata Lucie ! J'étais donc moi-même, ce qui n'était pas une si mauvaise nouvelle.

Le jour de quitter l'hôpital j'ai pris l'ascenseur, la petite collée contre moi. Une femme d'une quarantaine d'années accompagnait sa fille, très jeune et très intimidée, qui m'a adressé un sourire fébrile. J'ai mis autant de sérénité que possible dans le mien. Au même moment j'ai senti quelque chose de chaud couler le long de mes cuisses. En trois étages mon pantalon blanc taille 44 s'est teint en rouge. Une flaque s'étalait sous moi dans laquelle les trois occupantes de l'ascenseur ont fini par patauger.

Je suis remontée. On m'a expliqué que mon immobilité d'une semaine avait formé une poche de sang qui venait d'éclater.

Changée, j'ai pu rejoindre Alain dans la Xantia et lui expliquer mon retard. Il a dit heureusement que t'as pas dégouliné sur les sièges tout propres. Il ne plaisantait qu'à moitié.

Sur le trajet retour, j'ai repensé à la fille dans l'ascenseur. Je m'en suis voulu d'avoir fait que dès le début elle associe la grossesse au sang. Mais bon au moins elle était prévenue.

Au début j'ai été prise de court. On était si heureux depuis cinq ans, qu'est-ce qu'il avait besoin de perturber cet équilibre ?

J'ai dit non.

Plutôt pas.

Il a décapsulé une Pelforth en silence. Il se renfrognait. Les hommes parfois se renfrognent. Se rencognent dans leur bouderie. Du coup il faut parler à leur place et c'est ainsi que les femmes passent pour bavardes.

J'ai dit qu'une pareille envie ne se décrétait pas. Qu'en maturité je me sentais le quart de mes trente-deux ans. Qu'on avait déjà un enfant à la maison et c'était moi.

Son silence ne valait pas accord. Le samedi suivant j'ai trouvé un mot sur la table de la cuisine : je pars quelques jours chez mes parents, j'ai besoin de faire le point. PS : j'ai nourri le chat.

Devant un verre de Brouilly j'ai exposé la situation à Isabelle et conclu qu'elle avait de la chance que François ne la soumette pas à cette pression. Elle a dit qu'elle ne savait pas si c'était une chance, qu'on pouvait aussi trouver beau qu'un homme demande un enfant à une femme. Ce pudique accès de lyrisme a coloré ses joues. Isabelle est une fille qui rougit de sa bonté.

Dans le métro retour, ligne 2 puis 3 après changement à Père-Lachaise, je me suis décidée à lui faire un gosse. C'est l'expression que j'ai retenue pour donner un élan verbal à l'acte. Comme on dit tiens je t'ai fait un gâteau.

Un enfant pour qu'il reste. Ce n'est pas une bonne raison. Il n'y a pas de bonne raison.

Hervé m'a submergée de gratitude. Le plus beau cadeau du monde, c'est ce qu'il a dit. Le plus beau gâteau du monde et peu importait de savoir si j'y croquerais avec appétit. Par un calcul de confort, il prenait mon consentement pour un désir. La nuit suivante j'ai rêvé qu'un bébé voletant au-dessus du lit m'interpellait : comment pourrais-tu me désirer puisque tu ne me connais pas encore ? Lucide ce petit. Pas du tout le fils de son père.

Car ce serait un fils, je ne l'envisageais pas autrement, et encore moins Hervé, si heureux de multiplier par deux le nombre de testicules à la maison. On dit enfant et par glissement on finit par attendre un garçon. La version grammaticale de la domination masculine.

J'ai arrêté la pilule en souhaitant que mon corps se donne l'audace du refus dont je n'avais pas la force. Mon Dieu faites que je sois stérile, ce serait imparable. La réprobation générale transformée d'un coup de baguette en unanime compassion. À moins qu'alors Hervé ne se débarrasse de moi comme d'un lave-vaisselle déglingué. J'ai eu peur. La vieille peur de l'abandon. Le gros cliché vrai de la peur de l'abandon. Hervé m'avait ramassée à la petite cuillère après le départ d'Ivan, je ne survivrais pas à son départ, Brad Pitt dût-il me ramasser. J'ai souhaité que mon corps se donne l'audace de l'acceptation.

Au bout de deux mois sans résultat, on s'est offert un week-end dans une auberge de luxe en Sologne. Hôtel de la Renaissance, ça s'invente pas. Lit king size pour que nos corps donnent leur pleine mesure. OK, j'allais jouer le jeu, quoi qu'on dise la princesse en nous cède toujours aux faveurs princières.

Pour la levrette je n'ai pas eu à me forcer. Je n'avais certes pas attendu qu'on m'informe qu'elle était féconde pour l'estimer la position la plus efficace. En revanche j'ai dû lutter pour résister à l'appel de la douche intime après le sexe – conseil d'Émilie.

La Renaissance ne mentait pas sur la marchandise. Trois semaines et deux vomissements plus tard le Révélatest s'est révélé positif. J'avais évité ma pharmacie de l'avenue Gambetta pour me le procurer. Je n'y ai plus mis les pieds pendant les huit mois qui ont suivi. Une sorte de honte.

Je n'ai pas tout de suite craché le morceau quand Hervé est rentré de son chantier de Bagnolet. Sa joie m'exaspérait d'avance, comme si sa victoire signifiait ma défaite. Pourtant j'aurais adoré exulter, puisqu'on y était autant faire corps avec le destin.

À table pas plus que devant le téléfilm de France 2 je n'y suis parvenue. Il a fallu attendre le milieu de la nuit, dans ce lit où je détestais déjà me sentir trois. Réveillé par mes pleurs il a allumé et j'ai dû le mettre au jus. Confondant son humeur et la mienne il a cru que mes larmes étaient de joie, a bondi sur la moquette, est revenu de la cuisine avec du champagne, et le lendemain avec un vieux bouquin sur l'enfantement rempli de précautions et d'interdictions. Ma grossesse, c'était le titre, en lettres azur, illustré par une ménagère blonde et ravie de la crèche, la main posée sur un ventre en demi-lune. Sa mère, première informée par son fifils, l'avait tiré d'un carton de grenier. Je ne l'ai pas ouvert. Jusqu'à plus ample informé c'était sa grossesse, pas la mienne.

Le lendemain un dosage sanguin a apporté une validation scientifique à une nouvelle que je peinais à trouver bonne. Je me suis dit que j'avais encore une marge de manœuvre durant les semaines légales françaises, puis espagnoles, puis illégales, puis cette issue s'est bouchée quand il est apparu que je ne m'appartenais plus. Du jour au lendemain les parents se sont reconvertis en grands-parents mabouls de fierté, les frères et sœurs en oncles et tantes. Mon utérus est devenu une copropriété et l'objet permanent d'une sollicitude de comité de surveillance. Attention maintenant tu manges pour deux ! Tu dors pas sur le ventre quand même ? Ah bon tu conduis encore ? J'entrais dans le cercle vicieux où chaque attention est un marquage au fer rouge. Une sorte de radicalisation de l'équivoque du geste masculin de céder le passage à une femme. On protège votre corps à votre corps défendant.

À ce moment j'avais moins peur de le perdre que de le garder. Et puis la peur s'est inversée. S'est remise dans le bon sens. En une seconde. Au moment très précis où je me suis rendu compte que l'échographiste ramait pour mettre en route son appareil. Là j'ai pensé : il a vu un monstre, un mort vivant, et il retarde le moment de nous le montrer. C'est dans la peur que je me suis connue désireuse que cette créature soit. Un désir en négatif. Le big bang a dû se déclencher comme ça : par la peur qu'il y ait, plutôt que quelque chose, rien.

En fait l'ordinateur avait vraiment buggé, confirmant la réputation peu flatteuse de la maternité des Aubes. Puis l'écran s'est allumé et dans un petit bout de matière flottant s'est imposée l'évidence d'une vie. Cette chose dont Émilie m'avait dit qu'à trois mois elle fait la taille d'un nem et qu'on pourrait le rouler dans une feuille de salade pour la bouffer comme ça (geste, dégoût) est un être humain : pieds, colonne vertébrale, mains, et même les doigts, je crois que ce sont les doigts qui m'ont tuée. Et le cœur déjà au travail, brave machine prête à servir cent ans. Tout cela formait un petit d'homme qui en ce jour est aussi devenu un petit de femme. Je venais d'acter son existence en craignant sa fin.

Le statut de mère qui vous enjoint au courage se gagne par la peur. Le statut de mère qui requiert du calme se conquiert dans une fébrilité redoublée par la tempête hormonale qu'il soulève, la nature est mal faite.

La nature est bien faite, qui vous injecte l'effroi pour aiguiser votre vigilance. Le bébé pèse, comme une menace. C'est lourd. Souvent je désirais me réveiller seule. Je veux dire seule avec l'homme que je m'efforçais d'aimer malgré ce qu'il m'avait fait – un enfant. Au lieu de quoi il y avait ce tiers dans mon ventre, cet intrus, cet indésirable, cet amour, cet alien.

J'ai mangé comme quatre pour reconquérir du terrain sur lui. En me gavant de Kiri je deviendrais énorme et lui ridiculement petit. Pour m'amender je lui parlais à travers l'épiderme : ce n'est pas de ta faute mon petit si je n'excelle pas dans l'art de la grossesse ; accroche-toi au cordon, je te jure qu'en temps normal je ne suis pas une méchante femme. Il me répondait par un froissement dans le ventre assimilable à un rot intestinal.

Je trompais les nausées par de longues siestes. On m'avait dit qu'au troisième mois on ne vomit plus et qu'être enceinte n'est pas une maladie. On m'avait dit beaucoup de choses.

Les copropriétaires avaient décrété que ça y est ça se voit. Une hallucination collective, option wishful thinking. Donnons-nous tous la main, décrétons que ce ventre est gros, et ainsi il le sera.

Je me marrais.

Intérieurement.

Puis le ventre a effectivement grossi, élargissant l'association des copropriétaires aux amis, aux passants, à des inconnus qui me touchaient le ventre sans permission. J'imagine que les féministes qui criaient mon corps m'appartient n'avaient jamais été enceintes. Ou au contraire tiens.

Mes tuniques ou mes chemises d'homme n'y changeaient rien. Même elles me signalaient à coup sûr au radar du comité de surveillance.

Après son questionnaire la boulangère de la rue de Ménilmontant a conclu qu'un bébé d'hiver c'est bien. Elle aurait dit pareil d'un bébé d'été. Dans tous les cas de figure cette affaire est une bénédiction, seule une ingrate le nierait. Une indigne.

Je détestais mon état et je détestais devoir taire que je le détestais. En règle générale les gens vous accordent le droit de ne pas baigner dans le bonheur, sauf pendant ces neuf mois où la plénitude est une prescription. J'avais fait un peu de théâtre au lycée, ça me servait.

Je retardais au maximum mon départ en congé mat'. Pas me retrouver en tête à tête avec ma situation. Pas me réduire à ça. Au moins je pouvais compter sur la nouvelle chargée de projet pour ne me faire aucun cadeau dans ce domaine. S'il était possible de me garder jusqu'aux premières contractions, elle le ferait, elle qui, apprenant mon état, avait aussitôt raconté à la cantonade qu'elle avait repris le boulot une semaine après la naissance de son fils.

Souvent en rentrant je traînais seule au café des Buttes-Chaumont, ma microrondeur planquée sous la table. Parfois une heure, parfois deux, sans livre ni journal ni rien. Peut-être que j'attendais quelque chose qui ne soit pas un enfant.

Un soir Isabelle m'a proposé un programme de courts-métrages de la FEMIS, au MK2 Gambetta. Après la projection, l'école conviait les spectateurs à un buffet dressé dans le hall. Par le jeu des piétinements verre en main, je me suis retrouvée à côté de Régis, un chef opérateur venu voir le travail d'un ami. Au premier regard j'ai su que c'était cuit. On a avalé des kirs cassis en disant peu importe quoi, les paroles ne servaient qu'à feutrer l'indécence d'une pulsion brutale et réciproque.

Il m'a embarquée sur son scooter jusqu'à un immeuble vieillot de la porte de la Chapelle. En m'étreignant dans l'escalier grinçant il a senti la courbe de mon ventre. Ça n'a pas eu l'air de le rebuter ou de l'exciter particulièrement. Un élément neutre. Pour quelques heures le privilège de n'être que soi m'était à nouveau accordé. Le mode opératoire habituel, simple et bon. Deux corps s'entreprenant sans tiers.

Hervé y allait doucement, ça m'écœurait.

La deuxième échographie a confirmé que nous attendions un garçon. Au moins je resterais l'unique femme de la maison. La vision des bourses a jeté son père dans un état d'euphorie assez pathétique. Quand à la fin du quatrième mois j'ai décrété qu'un séjour à Saint-Malo me revigorerait, Hervé a dit qu'il approuvait tout ce qui était bon pour son fils.

Pour ton fils mais le mien j'en fais quoi ?

Il n'a pas relevé et a demandé pourquoi Saint-Malo.

L'air atlantique mon chéri. La mer. L'origine. Un stage de maternité grandeur nature.

J'ai réservé dans un hôtel jouxtant celui squatté par le tournage du film où Régis était assistant caméra. Les premiers jours il me rejoignait après le dîner de l'équipe, puis j'ai commencé à me montrer sur le plateau, à accompagner leurs beuveries nocturnes en tripotant mon amant sous la table. J'étais en zone libre, loin du périmètre de prohibition.

Qu'il a pourtant fallu réintégrer.

Pour supporter le choc j'ai décidé de prendre le meilleur de ce qui m'arrivait. De retourner le comité de surveillance en cour de subalternes, l'oppression en privilège, la faiblesse imposée en ruse. J'ai joué la reine capricieuse. À n'importe quelle heure je réclamais de la purée ou du jus de raisin. De la purée de raisin j'aurais pu aussi. Tout m'était dû. Je couvais mon enfant et il me servait de couverture.

Je n'ai plus refusé qu'on me cède une place de métro ou tolère que je grille la queue à la caisse du Franprix. J'ai allègrement piqué des sous-vêtements importables dans les magasins, sûre qu'une femme enceinte ne serait jamais soupçonnée, ni accusée même la main dans le sac. Le vernis à ongles tombé de sa poche serait mis sur le compte de son état, et elle confirmerait, vraiment je ne sais pas ce qui m'est arrivé je n'ai plus toute ma tête vous comprenez j'en suis au sixième mois.

Une chipie.

Les petites filles jouent à la maman.

À la sortie des cours d'accouchement, une semblable avec qui j'avais sympathisé me proposait toujours de profiter de la voiture de son mari. Je déclinais avec une nuance de sacerdoce dans le timbre, et je ralliais le métro Saint-Fiacre où m'attendait le scooter de Régis à nouveau parisien. De là il traçait vers chez lui avec une prudence de livreur de pizza. Son irresponsabilité était le revers de sa disposition à me prendre pour une femme et rien d'autre. Le moment que mon ventre le rebute n'était pas encore venu. Il continuait à rire quand le bébé gorgé de liquide amniotique avait le hoquet. J'avais des orgasmes cycloniques, seul bénéfice réel et hélas provisoire de mon état. Ça et les gros seins. Cinq mois dans ma vie j'aurai eu cette gloire. Régis me demandait ils étaient aussi gros que ça avant ? Je disais oui oui bien sûr tu penses.

Avec Hervé nous passions plutôt nos samedis chez IKEA en quête d'une table à langer, d'une baignoire en plastique ou d'un mobile musical pour que le petit s'éveille jusqu'à devenir aussi intelligent que son père. Ces deux-là faisaient déjà la paire. Par solidarité, le plus vieux a pris dix kilos. J'ai trouvé le nom couvade aussi ridicule que le phénomène qu'il désigne. Mon compagnon viril de jadis avait cédé la place à un papa poule gras du bide et mièvre. Moi, après ma boulimie de Kiri des premières semaines, je me gardais de grossir au-delà de ce qui serait perdable par la suite. Les crèmes antivergetures sont devenues mes meilleures amies. Je voulais sortir intacte de ce tourbillon organique. Immaculée si j'ose dire.

Au septième mois Régis est parti à Marrakech pour un téléfilm sur les derniers jours de Marie-Madeleine. Il me retrouverait avec un fils dans les bras, ou sur les bras comme on veut.

Le soir de Noël a réuni les copropriétaires autour d'une table couverte de sauces et de confiseries que j'aurais volontiers raflées pour aller me les enfiler dans le salon devant une émission de variétés kitsch. Ma pauvre mère s'était secouée de sa déprime pour tricoter un petit gilet à mon bébé d'hiver. J'ai posé ce truc moche en laine verte sur mon ventre, je l'ai embrassée en exultant, puis je suis allée pleurer dans la salle de bains, bouleversée par sa maladresse. Dans la glace je lui ai promis de survivre et mon enfant avec moi.

Bourré au champagne, Hervé a bégayé son projet d'appeler son héritier Louis, en souvenir d'un grand-père mort en Indochine. Le comité a jugé l'idée formidable. Une grande cordée d'alpinistes mâles tirait cet enfant à eux. Une fois ma cour retirée, j'ai expliqué qu'on ne donne pas un prénom de roi à un enfant de la république. Hervé l'a admis et m'a gracieusement délégué la responsabilité du choix. J'en étais au stade où même sa gentillesse m'irritait, surtout sa gentillesse.

Régis est la première idée qui m'est venue. Juste avant Diego.

Pourquoi Diego ?

Parce que.

Hervé a approuvé gaiement, en songeant à Maradona j'imagine.

Le matin un e-mail en décalage horaire de Régis me donnait de l'entrain pour traîner jusqu'au soir mon corps-boulet. Fatalement il me pesait chaque jour davantage. Je n'écrirai pas que je portais ma croix. Dans mon iPod je me repassais le même album, et dans cet album la même chanson. Maybe this weight was a gift.

Un soir Hervé a rapporté à l'appartement la lubie d'en virer le chat, par crainte qu'il étouffe le petit. J'ai dit pas question, c'est mon bébé à moi. Alors il a pointé mon ventre et dit ton bébé à toi se trouve là Marie. J'ai fondu en larmes, il m'a prise dans ses bras en s'excusant. On s'est fait des crêpes qu'on a englouties devant la soirée Miss France. J'ai dit que je laisserais le chat chez ma mère le temps que le bébé prenne assez de muscle pour se défendre contre les félins infanticides. On a ri. La couronne est revenue à Miss Picardie, grande et mince et qui a confié à Jean-Pierre Foucault sa passion pour les voyages, les enfants et les chimpanzés. Cette nuit-là, j'ai rêvé qu'un fœtus me prenait dans sa main comme King Kong la pucelle blonde de la version noir et blanc. Je le suppliais de ne pas me broyer entre ses doigts et mes cris m'ont éjectée du lit Ikéa de la chambre du petit où je dormais désormais.

Les trente derniers jours je me suis gavée de tartelettes aux myrtilles. Pourquoi aux myrtilles, mystère non élucidé deux ans après les faits. J'ai commencé à douter de ma capacité à reperdre vingt kilos pour le retour de Régis. Ma belle-mère me disait que les mois après la naissance je grillerais beaucoup de calories à m'activer pour le bébé. Dans un moment de rage, après qu'Hervé m'avait fait promettre de m'en occuper, j'étais descendue acheter des boules Quies pour ne pas être la conne qui se lève quand le bébé pleure pendant que papa ronfle. Hervé a dit : si tu ne veux pas l'accueillir l'enfant le sentira. Il l'avait lu dans Ma grossesse.

Ma grossesse n'avait pas complètement tort. On m'avait expliqué que le jour venu le bouchon muqueux sauterait pour libérer les eaux, or le jour venu, rien. Et à une semaine postterme l'utérus ne s'ouvrait toujours pas. Si tu ne veux pas l'accueillir l'enfant le sentira.

Dans ce retard je me suis vue impatiente. Impatiente de voir sa tête, comme à un premier rendez-vous avec un correspondant Internet qui a refusé d'envoyer sa photo. Et le rendez-vous est arrivé.

À la maternité je me suis calée dans le lit, j'ai déroulé le fil des oreillettes et j'ai attendu en écoutant ma chanson. Sereine. La pluie battant la grande vitre ne me paraissait d'aucun présage. Quand j'ai senti que ça venait, j'ai demandé qu'on téléphone au chantier. Hervé a débarqué une heure plus tard en ciré orange fluo, et le col s'est ouvert à 4. Pour accoucher, j'avais besoin de quatre auxiliaires : du courage, une grosse dose d'inconscience, la péridurale, un homme qui me soutienne.

À un moment l'écoulement goutte à goutte du produit s'est tari. Hervé a signalé que la poche était vide. Trois contractions criminelles plus tard, l'anesthésiste est arrivé en courant pour la remplir. Voyant le ciré jeté sur une chaise, il a remercié Hervé en disant que d'un chantier à l'autre il s'en sortait bien.

À 7 on m'a emmenée, Hervé me répétait c'est bientôt fini ma chérie, avec une tendresse qui me remplissait de joie et de peine, le tout emballé dans un gros paquet de douleurs. En salle d'accouchement des beaux gosses en blouse blanche rivalisaient de blagues du genre bonjour qu'est-ce qui vous amène ? J'ai entendu des cris à côté et demandé si par hasard c'était lié à un accouchement. Ils ont confirmé en ricanant. J'ai prévenu que je risquais de pleurer aussi et je me suis excusée d'avance.

Pleurez tant que vous voulez, c'est fait pour, a enchaîné un type plus vieux que les autres. C'était le docteur, qui s'est enquis de la situation auprès de l'infirmière. Alors que je ne pigeais plus grand-chose, j'ai aperçu l'infime nuance d'inquiétude dans son doux regard, puis la minigoutte de sueur sur son front juste avant qu'il prenne une décision. J'avais les sentiments sans les faits, les symptômes sans leur cause. En l'occurrence la cause c'était que le bébé subissait une décélération cardiaque. Sans comprendre l'enjeu véritable j'ai eu très peur. Une fois l'alerte retombée c'est le résiduel de cette peur qui m'a fait pousser pousser.

Ils m'ont annoncé une épisiotomie, pas très fiers j'ai cru sentir. Apparemment cette pratique n'allait pas de soi, un peu comme les picadors dans la corrida. Mais, pour ma part, aucune objection. Ils pouvaient me couper l'oreille s'ils voulaient, et même deux, et même trois, du moment qu'on en finisse.

Le docteur a tranché dans le lard. J'ai senti comme un coup de ciseau dans un tissu épais. Même pas mal. Un pastiche de souffrance à côté de tout le reste.

La tête est sortie, et une dernière contraction a pulsé le bébé hors de moi. On a voulu le poser sur mon ventre, j'ai dit que j'étais un peu épuisée là. Hervé l'a pris pour l'emmener à son premier bain. Pendant qu'on me recousait et nettoyait, mon beau docteur bienveillant m'a dit que le côté obscur de cette grande affaire était passé. Qu'à cet instant commençait le bonheur. J'ai pleuré, je l'ai remercié, j'avais faim. Diego est réapparu allongé sur le côté dans un berceau en plexi transparent. Il m'a regardé avec ses grands yeux noirs où j'ai reconnu, à tort sans doute, ceux de mon père.

À cet instant commence le bonheur.

Tu es un poids et un cadeau, un poids lourd lourd et le plus beau gâteau.

Les semaines suivantes les mots ont pris consistance. Geste par geste je suis devenue une mère. Régis n'a plus appelé, il me voulait pour lui seul. Les hommes les hommes les hommes. J'ai réintégré le lit conjugal.

À vingt et un mois, Diego a embarqué avec moi pour Lisbonne où nous attendait Hervé pour un séjour d'une semaine. Juste après le décollage une tempête a secoué l'avion. Mon fils m'a cherché des yeux pour évaluer dans quelle mesure il devait se préparer à mourir. Aussi paniquée que lui, je lui ai adressé une mimique rassurante, tête qui fait non et moue désinvolte. Il m'a crue, absolument, et contre ça la tempête n'a rien pu.

Au début le tendre dépôt des flocons sur le pare-brise nous a réjouis. On allait voir la mer et la neige s'invitait à la fête. Une synthèse cosmique.

En fin d'après-midi une fringale de Méditerranée nous avait pris. L'envie soudaine de nous présenter à elle, silencieux et amoureux. Sans attendre le lendemain on avait lancé nos vingt ans sur l'autoroute, on roulerait de nuit pour attraper l'aube à Fréjus et regarder main dans la main le soleil poindre tout au bout de l'eau.

Après trois minutes les essuie-glaces ne fournissaient déjà plus, d'un coup on a moins ri, tout en nous convainquant que ces flocons de mars seraient furtifs. Et puis une tempête de neige s'est abattue sur nous. Je dis bien une tempête, je dis bien abattue, les métaphores ce sera pour une autre fois j'espère que tout le monde est d'accord là-dessus.

Guillaume a immobilisé la 205 sur place, impossible de viser la voie de garage. On s'est regardés pour souder nos peurs. Cernés de blanc, et dans nos quatre oreilles le glissement aveugle des véhicules tout autour. C'est là que je me suis dit : si un camion percute la voiture, que restera-t-il de nous ? Quelle trace puisque rien d'officiel ? Avant d'être coincé au milieu de l'A6 avec l'homme de ma vie, je n'avais jamais ressenti cette panique que rien ne survive à un amour.

Trois heures comme ça, tenus éveillés par le danger, et, pour ce qui me concerne, par cette pensée. Par cette pensée dont il a émergé une idée.

Oui je dirais que l'idée a germé pendant ces trois heures-là.

Je ne crois pas aux purs commencements, il était une fois deux amants piégés par la neige… En la matière tout est une histoire qu'on décide de se raconter. Si je décide d'accréditer la fable du début, il m'est loisible de le situer là, à soixante kilomètres au nord de Lyon, entre 2 heures et 5 heures dans la nuit du 6 mars 1985.

Pour autant je ne prétends pas que l'envie le désir l'idée de faire un enfant avec Guillaume doivent être datés de cette nuit gorgée de menaces. Je ne sais pas exactement ce que je prétends, et en attendant de savoir j'expose les faits, qui ne parlent pas d'eux-mêmes mais ont le mérite de se poser là, têtus dit-on, plus nets et précis qu'on ne se complaît à le dire.

Le fait est que Guillaume est mort deux ans plus tard sans que je lui aie demandé un enfant – mais peut-être le lui aurais-je demandé s'il n'avait pas eu le sida.

Le fait est que c'est à Béatrice que je l'ai demandé, quinze ans plus tard. Le temps qu'il faut à une idée pour arriver à maturité. Elle était dans l'urgence de ses quarante et un ans sans mec viable, elle a dit banco. Deux amis communs qui avaient procédé de cette façon nous ont fourni des précisions sur le protocole médical, les modalités de la garde alternée, la santé actuelle de leur fils – pourquoi cette question ? La présidente d'une association indiquée par eux a complété l'exposé. Puisque nous préférions éviter de coucher ensemble, Béatrice devrait surmonter sa phobie des seringues. Ce serait sa contribution héroïque au processus – ça et l'accouchement bien sûr. La semaine suivante, on lui a prescrit des produits pour stimuler les hormones, et le moment venu on lui a injecté ma semence.

Il n'est pas exclu que l'échec de la manœuvre ait procédé de l'acte manqué, lui-même issu d'un scrupule à déroger aux règles de l'art, un homme une femme une pénétration. Le travail de la norme en nous. De la nature qui ne cesse de reconnaître l'inconsistance de son règne en l'imposant par des coercitions. De cette loi qui prétend couler de source et ne va jamais de soi, affirmions-nous péremptoires avant qu'elle se rappelle à notre bon souvenir, pied de nez à l'appui.

Cinq ans plus tard, Hans, à qui dès notre première nuit j'ai raconté ces mésaventures, s'est accordé avec moi pour ne pas lui laisser le dernier mot.

Il se trouvait qu'on s'aimait, deux quadras grisonnants découvrant avec une stupeur fébrile que le premier amour n'était pas le dernier. Bien qu'il soit entendu que rien n'égalerait en intensité solaire les années avec Guillaume pour moi, avec Hakim pour lui, parce qu'elles incarnaient notre jeunesse et le sexe sans capote, assez de jus d'amour coulait en nous pour concevoir que celui-ci, plus doux, moins passionnel, s'offre un prolongement, un enfant.

C'était aussi creux qu'un rêve de postérité et aussi ferme qu'une volonté. Notre horloge biologique à nous.

Restait à trouver le mode opératoire.

Un soir de débat dans un squat alternatif de Montreuil, on s'est retrouvés une dizaine autour d'une table de brasserie. En face de nous, une certaine Valérie et sa copine Lisa, aux côtés de laquelle je m'étais jadis échiné à introduire la question des minorités dans les débats internes du PS, nous expliquaient comment, fraîchement installées ensemble après trois ans de relation, elles auraient déjà entrepris une procédure d'adoption si le côté va faire tes emplettes dans le tiers-monde ne les avait rebutées. C'est là que l'idée a jailli, remontée du ventre jusque sous le palais, et poussée hors de ma bouche par l'ivresse de quatre bières. On note parfois avec effroi que pas mal d'enfants sont conçus dans l'alcool, j'ai même lu que le 31 décembre était un pic de conception, mais qu'on se le dise la parentalité est toujours une toquade alcoolisée. De l'inconscience pure. Cette chose qui tombe sous le sens nécessite qu'on ait perdu tout bon sens. La lucidité abolirait le vivant, comme dit à peu près cet emmerdeur de Céline.

Un enfant à quatre, c'était l'idée.

Un peu éméché aussi, Hans a embrayé : pas de scrupules à avoir sur la légitimité, le désir légitime tout. J'ai dit : pas tout quand même. Les filles ont été séduites par notre enthousiasme. Si peu engageante que leur semblât une insémination, elle leur épargnerait trois allers-retours aux Philippines pour négocier un orphelin local.

Des amis informés de la manœuvre ont trouvé bizarre pareil attelage entre deux couples peu familiers. Notre détermination avait réponse à tout : au contraire, cette virginité affective nous aiderait à délimiter un périmètre collectif serein ; notre communauté induite de ce seul projet était mieux ajustée à sa réussite.

On s'est revus tous les quatre dans un café de la rue de Paris pour fixer les règles du jeu – il y avait là-dedans une part de jeu qui le nierait ? Et dans ce jeu une part de militantisme. Tant qu'à faire. Le siège de la CGT occupait le trottoir d'en face, on a rigolé en imaginant ce que ses pensionnaires penseraient de cet activisme-là.

Donc voilà, l'enfant partagerait sa vie entre les deux appartements, entre ses mamans et ses papas ; il aurait pour parents officiels, puisque la loi exigeait qu'il y en eût, les deux géniteurs, puisque la nature exigeait qu'il y en eût. Pour les désigner on a envisagé le tirage au sort, puis jaugé le degré de réticence épidermique de chacun au protocole. Comme il était nul, c'est l'âge qui a tranché. Lisa et moi étions les plus vieux, elle trente-sept moi quarante et un, nous formerions la paire génétique.

C'était le plan.

Ce n'est pas ce qui a eu lieu.

Peu avant la date fixée, j'ai sucé sans capote un scénographe suédois, en clôture du Festival de danse de Londres. Rien de compromettant pour Hans et moi, d'emblée convenus que ce genre d'aléas n'altérerait pas notre entente ; mais au mépris de toute rationalité j'ai craint d'avoir avalé une saloperie. Ma vieille parano, et l'embryon d'un sens des responsabilités. Tout orgueil bu, j'ai conté mes exploits londoniens à la communauté parentale, et suggéré qu'il était plus sage que je passe mon tour. Le binôme plus jeune a bien voulu prendre le relais. De toute façon nous projetions d'en faire deux, afin de créer une symétrie génétique. À y repenser il m'apparaît que, sous couvert d'annuler le biologique par la somme nulle, nous lui prêtions encore allégeance.

Le biologique est revenu au galop, peut-être parce que nous voulions le chasser. Peut-être qu'il nous aurait foutu la paix si nous l'avions moins brusqué et laissé mariner dans sa vacuité objective.

Le premier essai a été le bon. C'était prévu au programme, ce qui l'était moins c'est le déséquilibre créé dans notre dispositif scrupuleusement équitable.

Enceinte, Valérie n'a plus été une parmi quatre. Elle a été celle qui portait l'enfant ; qui engloutissait des Danette au caramel ; que des poussées de chaleur faisaient suffoquer. Ni Hans ni Lisa ni moi ne suffoquions, c'est un fait.

Pour consolider en moi le primat de la tendresse au plus fort des tensions qui ont éclaté à ce moment et durent encore, je me le martelais : tu n'as pas suffoqué, Baptiste, ni insulté de douleur le monde entier en expulsant cette petite fille. Le facteur organique de la grossesse n'est pas quantité négligeable dans l'équation que nous avions rédigée. Si jamais il avait échappé à Valérie qu'elle avait un corps et que pour une part il était sexué, désormais elle était au courant. Et résolue à tirer toutes les conséquences de cette révélation.

Moi l'organique il m'a sauté à la gueule un jour du sixième mois que je passais voir les filles, dans leur appartement du Bas-Montreuil. Dès la porte j'ai été envahi par une odeur de brioche, oui de brioche, quatre ans après c'est encore à la brioche que j'associe la grossesse. Valérie avait fait une rupture placentaire. Je n'ai pas bien compris en quoi ça consistait, en vérité quelques mois studieux – j'avais même lu une Histoire de l'utérus, écrite dans un style foucaldien – m'avaient convaincu qu'en ce domaine l'expertise est un chemin qui se dérobe sous chaque pas. Toujours est-il que l'odeur ne m'a plus quitté, et m'a semblé familière au moment de l'expulsion du placenta juste après la naissance – pleurs à travers le mur de la chambre que par décence Hans et moi avions désertée une heure avant l'échéance. Il paraît que certains mammifères le bouffent, on peut s'en étonner, on peut aussi s'étonner que les humains n'aient pas ce réflexe, surtout en ces situations de grande proximité avec l'animal. Dénaturés, c'est ce qu'on avait cru, mais Valérie, le bébé sur le ventre, répétait : elle sent comme moi, c'est mon odeur, elle sent comme moi. Sur le moment je l'ai trouvé indélicate d'insister sur ce qui scindait notre casting de fortune : elle dans le rôle principal, les trois autres en faire-valoir. Avec du recul, fort d'une sagesse amère, je veux bien concéder ce fait incontestable que le fœtus se frotte pendant neuf mois à vos entrailles, qu'il s'en imprègne et, sortant, vous en rapporte des nouvelles olfactives.

En rentrant de l'hôpital Esquirol, Hans a dit : porter un enfant c'est quelque chose de dingue. J'ai dit : oui et c'est naturel que ça rende dingue. La nature est folle, et pour exorciser d'avance la folie qui grondait, on s'est promis de louer le DVD du film de Demy évoqué par François peu avant l'accouchement. Marcello Mastroianni paraît-il y tombe enceint, et ça s'appelle L'Événement le plus important depuis que l'homme a marché sur la Lune. Tu m'étonnes. À ce jour je ne l'ai toujours pas vu. Pressentiment que l'actualisation de l'utopie m'accablerait ; un vœu qui s'exauce accable toujours un peu.

En revanche, la vision de Rosemary's Baby, où l'héroïne soupçonne ses voisins et son mari de vouloir l'accoucher dans son sommeil pour lui piquer son enfant, m'a – un peu – aidé à accepter le cordon de sécurité tendu par Valérie entre elle et nous à partir de la première écho, puis sa froideur quand on passait s'assurer que la grossesse évoluait bien, puis la force archaïque qui nous a refoulés dans les coulisses de la scène maternelle. Une femme enceinte est toujours plus ou moins convaincue que sitôt expulsé l'enfant lui sera arraché : par la sage-femme, par la société, et surtout par le père, a fortiori s'il y en a deux. Désolée par la triste tournure de l'événement, Lisa préconisait qu'on laisse à sa compagne quelques semaines de maternité normale – ses guillemets mimés n'ont pas annihilé l'effet déprimant du mot –, assurant qu'une fois émergée du brouillard post-partum Valérie retrouverait sa tête, avec dedans, intacts au cœur d'un neurone incorruptible, les termes de notre contrat.

Or, dès qu'elle a pu souffler, et nous étions trois pour la soulager, elle n'a eu de cesse que de le réviser ce contrat, dépêchant auprès de nous une amie psychologue spécialiste de la filiation pour qu'elle nous explique à renfort de schémas et concepts la nécessité que la petite voie sa mère tous les jours pendant les trois premières années. Ce qui constituait une évidente et stratégique contre-indication au partage contractualisé. J'ai dit que la mère c'était moi c'était Hans c'était Lisa c'était qui on veut, que des mères la petite en avait quatre et qu'ainsi elle serait quatre fois plus aimée. Drapée dans le calme agaçant de l'experte elle a précisé qu'elle parlait de la mère génétique bien sûr.

J'ai détesté ce bien sûr mais j'ai pris sur moi et réprimé l'envie d'évoquer le père génétique, c'eut été la seconder dans le démantèlement de notre quatuor.

Un an plus tard, une femme de la PMI, psychologue aussi : un enfant a besoin d'un père et d'une mère c'est comme ça. La petite posée sur mes genoux m'avait appelé trois fois papa depuis le début de l'entretien, et l'autre m'informait que cette petite manquait d'un père.

On peut tout dire. Tout est discours fait à soi, tout est texte subjectif. Les premières semaines on se casse le dos à porter l'enfant, et plus tard le même geste ne coûte rien alors qu'elle pèse trois kilos de plus. Pourquoi ? Parce que la tension est moindre et supérieure la confiance, nourrie du constat qu'en général la petite ne tombe pas.

Tout dans la tête.

Du texte et c'est nous qui l'écrivons, librement. Rien ne forçait Valérie à désirer donner à notre enfant le prénom de sa grand-mère. De sa grand-mère qui n'est pas la mienne, laquelle n'est pas celle de Hans, etc. Division, scission.

Lisa, dont les circonstances avaient affûté le sens du compromis, a fait valoir auprès de la femme de sa vie que le prénom désiré sonnait trop vieillot, et proposé Alice, en écho à un film de Wenders vu tous ensemble du temps où le projet réunissait chaque soir, pour des concertations euphoriques, les quatre avant-gardistes que nous croyions être ; ou bien en référence au pays merveilleux dont les créatures naissent de personne, par la grâce démiurgique de l'art.

Valérie se prévalait d'une proximité avec le bébé qui n'était que le fruit de l'alternance dissymétrique qu'elle imposait. Elle appelait savoir-faire spontané des protocoles de soin appris sur le tas, en naviguant à vue, noyée comme tout le monde dans l'océan de tâches nouvelles, comment donner le biberon comment baigner comment éteindre les pleurs. Chaque jour voyait les pères perdre du terrain. Nous étions moins rapides sur le changement de couche quand elle daignait nous en abandonner la prérogative ; moins sûrs de nous en tout, parce que la rareté encombrait d'enjeux des gestes qui auraient dû être quotidiens, mécaniques.

Évidemment Valérie raconterait cette période en d'autres termes, tout aussi justes et injustes que les miens. Elle insisterait sur le lien indéfectible établi avec l'enfant au tout début ; elle parlerait d'une nécessaire sortie en douceur de la proximité utérine.

Au moins tomberions-nous d'accord sur le fait qu'une proximité durable est un impair à l'existence. Pour ce qui me concerne je ne me suis jamais senti autant père que quand j'ai su m'écarter d'Alice, dominer la crainte spontanée qu'elle m'échappe pour l'appréhender comme un être humain qui m'appelle papa mais n'est pas moi, qui m'appelant papa ne peut pas l'être et le sera d'autant moins qu'elle imposera son existence, son individualité et je souligne ce mot. La vie n'est pas vivable si elle est absolument vécue, sans distance. Valérie cultivait une présence absolue à son ventre qui aurait, je crois, étouffé l'enfant, si elle n'avait, au bout d'un an de discorde, consenti à la configuration paritaire, à peu près paritaire : quatre jours inamovibles chez elles, et trois chez nous, variant d'une semaine sur l'autre selon les indisponibilités des mamans.

Dès lors Alice a pu constater de près que l'un de ses pères était dépressif. Que l'un de ses pères sombrait comme une barque de pêche percée et c'était moi. Envolé le goût de sortir, de baiser, de chorégraphier. Pas écrit une ligne, papa Baptiste. Le principe énergétique sapé à la base. La tristesse fichée dans la terre qui aurait dû la recouvrir.

Et puis l'inexpugnable vitalité de ma fille m'a ressuscité. On ne sait plus bien lequel donne vie à l'autre dans ces histoires.

Dans ces histoires naturelles.

Il y avait une émission qui s'appelait comme ça, on la suivait avec Guillaume, enfouis sous la couverture dans sa chambre de cité U mal chauffée. Je me souviens d'un épisode sur le brame des cerfs. On y avait reconnu certains de nos copains.

Deux jours avant la rentrée 2008, j'ai accompagné Alice à la journée de découverte de l'école maternelle de Chavaux. Quand la directrice a ouvert la salle où les gamins passeraient l'année, j'ai avisé une tête de poupée scellée sur une petite table pour que les mômes la coiffent et maquillent. À ma puce que j'avais sentie angoissée dès le passage de la grille, j'ai dit : tu vois ici c'est comme à la maison, y'a des poupées pour les petites filles. Éviter le normatif pour un parent c'est aussi dur que de ne pas perdre à ni oui ni non – avec Guillaume on regardait aussi Les Jeux de 20 heures. Il n'y a pas une seconde qui ne vous tende un piège, et merde vous y tombez. Barbie pour les filles, costume de Zorro pour les garçons. En même temps tout parent devrait avoir l'humilité de reconnaître que beaucoup de choses se trament indépendamment de lui. J'étais très poupée aussi quand j'étais gosse, le pédé de base, et personne n'aurait pu me faire jouer au foot.

La réponse à retardement d'Alice m'a réveillé de ce songe. Mais moi je ne m'inquiète jamais, a-t-elle dit sur un ton de maturité typiquement enfantin.

Un monstre de sérénité, ma fille. À croire que la multiplication des parents et donc des problèmes fait qu'ils s'annulent, et qu'alors une nouvelle force vous saisit, la force du simple. Alice me donne cette impression. Mais peut-être qu'une fille donne toujours cette impression à un père – je pose cette nuance par honnêteté, sans y croire.

Le week-end dernier, indifférente au DVD de Ratatouille qu'on lui passait, elle s'est lancée dans une comparaison des quéquettes de ses papas, disant que Hans en avait une plus grande. Blessé par cette vérité, conformément à l'adage, j'ai demandé comment tu sais ? Elle a répondu qu'elle avait tout vu dans la douche. Hans triomphant s'est retiré dans son atelier, et après un silence Alice a demandé pourquoi je n'aimais pas les mamans. Là j'ai eu un coup de sang, je pensais qu'elle parlait des siennes, de ce qu'elle avait perçu de notre mésentente. En fait elle parlait des femmes en général. J'aurais été malvenu de lui reprocher cet amalgame. Comme j'ai dit que je n'avais rien contre les mamans, les siennes ni toutes les autres, elle a clamé : moi quand je serai grande je préférerai les garçons.

Tout comme papa, j'ai dit.

Plus tard des pensées lui viendront qui la lesteront. Elle ruminera, revisitera, rejettera ou acceptera, débrouillera ou brouillera l'écheveau reçu à la naissance. De cette relecture de faits d'abord simplement vécus, elle sortira fortifiée ou affaiblie, sans doute les deux. Elle fuira cette contre-norme ou la radicalisera. Le plus sûr est qu'elle vivra et je ne m'autorise à nul autre vœu la concernant. Le reste lui appartient. Quel roman écrire à partir de ce prologue c'est son affaire, et c'est très ouvert, très libre, ça peut tomber n'importe où, la page est blanche, la page est noire mais elle agencera les caractères à sa guise, avec les consonnes les voyelles imaginez toutes les combinaisons possibles, tous les mots, barbares ou répertoriés, convenus ou séditieux, toutes les fictions.

Au début je confesse que mon peu d'enthousiasme pour cet appartement venait de ce que le père de Guy en avait organisé la première visite, tirant les ficelles comme à son habitude.

Puis la raison a repris le dessus. Situé en plein centre-ville, il comprenait une cuisine moderne – un lave-vaisselle, une hotte – et trois chambres lumineuses à souhait, dont deux au choix pour le bébé. C'est à lui que j'ai pensé d'abord, je l'ai senti qui s'agitait pour signifier c'est là que je veux habiter. J'ai dit : on le prend. Sans même consulter Guy, qui de toute façon épouse toujours la volonté de son père.

Il avait proposé de nous faire un prêt que Guy rembourserait avec l'argent gagné dans l'année sur le film de Miller. Faveur empoisonnée mais comment refuser dans notre situation ? Je n'avais jamais travaillé et depuis ses débuts Guy était cantonné à des troisièmes rôles payés à l'heure.

En sortant de l'immeuble, mon beau-père a montré le grand parc central à proximité puis, posant la main sur mon ventre : avec tout plein d'arbres pour grimper dedans mon petit. Irritée par cette intrusion, j'ai quand même approuvé. Une bulle verte au milieu de tout ce trafic donnerait de l'air à mon enfant – et à sa mère mais en deuxième.

Plus loin, devant l'église du quartier, il s'est exclamé : ça par contre interdit, je ne veux pas y voir ma descendance ! Et il a éclaté de rire, et Guy aussi, en caressant ma joue du dos de la main pour prévenir ma bouderie.

Et comment va-t-on faire pour le baptiser ? leur ai-je demandé intérieurement.

L'appartement était meublé. Une seconde visite plus méthodique a attiré notre attention sur un secrétaire bizarrement pris en étau entre deux murs, déplacé du rectangle de parquet moins ciré qui marquait son emplacement précédent. Pourquoi avait-il été poussé au fond du couloir ? En le tirant à grand-peine, nous avons découvert un placard aux étagères nues, le précédent propriétaire l'avait donc masqué pour une raison qu'il n'était plus là pour révéler le pauvrc.

La camionnette louée par mon beau-père pour l'emménagement s'est avérée superflue, vu qu'on bazardait nos meubles. Histoire de garder la main, il a tenu à y transporter les quelques babioles acquises pendant nos trois ans de vie commune. J'ai laissé faire, adoucie par la griserie d'investir un espace aussi vaste et confortable. Respirant fort accoudée à la fenêtre sur cour, je me suis dit que mon premier enfant ne serait pas le dernier.

En revanche mauvaise surprise au moment du coucher : rien des allées et venues des voisins ne nous échappait. J'avais toujours eu le sommeil lourd, ce n'est pas ça qui me gênait : plutôt la honte de les entendre et qu'ils m'entendent. Surtout que Guy était insatiable à cette époque, et que je m'interdisais de faire valoir mon état pour calmer ses ardeurs.

Le mur ne sonnait pas creux pourtant. Il y a un trou quelque part, ai-je suggéré. Guy a ri en me donnant une tape sur les fesses, ce qui de l'autre côté a semblé déclencher un chant à plusieurs voix, pas très engageant, traînant comme une psalmodie. Guy a bougé les lèvres comme s'il connaissait les paroles et les accompagnait en mimant un somnambule. Je lui ai demandé d'arrêter. Ce n'était pas drôle.

Les deux premières semaines j'ai été heureuse comme jamais. Promenant le ventilateur avec moi, j'ajustais la décoration à l'intérieur idéal qui s'était formé en moi depuis l'adolescence, depuis toujours. Guy passait ses matinées aux studios, et ses après-midi au salon à apprendre son rôle en avalant des bacs entiers de glace à la vanille. Tu es enceinte et c'est moi qui bouffe comme quatre, s'étonnait-il, tu vas voir que je vais finir par grossir à ta place.

Effectivement ma silhouette n'avait pas évolué, et, hormis de légères nausées dues sans doute autant à l'été caniculaire qu'à mon état, l'absence de dérèglement soulevait en moi une inquiétude, que seule rassurait une voix familière, intérieure : rien ne s'obtient sans peine, sauf ce qui n'est pas recommandable. Un bébé est recommandable, je devais souffrir pour le mériter.

Un soir, les voisins de palier ont sonné pour nous inviter à dîner toutes affaires cessantes. Je m'en suis voulue de ne pas les avoir devancés. On se présente, quand on arrive quelque part.

L'appartement de ce couple sexagénaire et excentrique, elle maquillée à l'excès et des faux cils outranciers, lui une boucle à l'oreille et un nœud papillon au sommet d'un costume rayé rose, portait l'empreinte de ses occupants. Est-ce cela qu'on appelle baroque ? Des murs couverts de tableaux aux couleurs criardes et de miroirs qui se renvoyaient des reflets en trompe-l'œil. Intarissables, ils ne m'ont pas laissé la place d'aborder la question de leurs chants nocturnes. Et ce n'est pas Guy qui allait me seconder, suspendu qu'il était aux paroles de monsieur Castavet, prodiguées sur un ton péremptoire assez semblable à celui de mon beau-père. Seul le distinguait un accent d'Europe centrale dont je n'ai pas saisi l'origine exacte. Le prénom Roman, qu'il sommait déjà Guy d'utiliser – familiarité prématurée il me semblait – pouvait renvoyer à plusieurs des nombreux pays mentionnés ce soir-là par cet ex-courtier dans l'import-export. Une vie nomade qui, a ponctué sa femme, les laissait dans le regret de n'avoir pu fonder une famille. Vous au moins vous n'avez pas ce problème, a-t-elle enchaîné. J'ai coupé Guy tout près de les informer de mon état pour dire qu'en effet nous couvions ce genre de projets.

La voix familière m'enjoignait à leur cacher mon bébé.

Peine perdue. Quelques jours après, celle qui avait à son tour insisté pour que je l'appelle Minnie m'a vue jaillir de l'ascenseur et me précipiter dans l'appartement. Je suppose qu'elle a collé son oreille sur la porte et m'a entendue vomir, car une heure après j'avais droit à une visite pleine d'airs entendus, et le lendemain à un grand verre empli d'un liquide épais et brunâtre livré à domicile par ma nouvelle amie. Parfait pour ce que vous avez, s'est-elle exclamée. J'ai dit que ce n'était pas une maladie. Mais il ne faudrait pas que ça le devienne, a-t-elle répliqué en guidant ma main vers le verre.

Comment ne pas se rallier à ce raisonnement de bon sens ? J'ai bu d'un trait cette boisson à base d'un fruit exotique dont je me suis interdit de lui faire répéter le nom, par peur de passer pour ignare. Je me suis tue, comme à l'école quand j'avais l'impression que toute la classe en savait plus que moi.

Dès lors, chaque jour en fin de matinée, Minnie m'a déposé un verre que j'avalais de bon cœur. Je suppose que j'étais en déficit d'assistance : ma mère effrayée à l'idée de quitter sa campagne lointaine pour la plus grande ville du pays, Guy accaparé par l'approche du tournage, et mon gynécologue réticent à recevoir aussi souvent que je l'aurais souhaité une patiente en très bonne santé selon lui. Encore quelques semaines sur ce mode et je finirais par trouver ce monsieur désinvolte, je n'ose pas dire négligent.

Minnie n'a pas attendu ce moment pour m'en recommander un autre de grande réputation parmi la haute. Cette seule mention m'a décidée. Les classes supérieures s'offrent le meilleur, en matière de santé autant qu'en matière de gastronomie, et je voulais le meilleur pour mon enfant. Avec l'accord de Guy, qui de toute façon n'aurait jamais contesté une recommandation de l'épouse de son grand ami Roman, j'ai pris le métro pour consulter chez le docteur Sapirstein. Qui a déploré les manquements de son prédécesseur et m'a prescrit un laxatif pour mes maux de ventre quotidiens. Désormais tout ira bien, a-t-il conclu en me raccompagnant. J'étais désormais entre de bonnes mains.

Lorsque Guy est rentré je lui aurais sauté au cou s'il n'avait eu le visage décomposé, et des pieds de plomb engluées dans le paillasson. La production venait de l'informer par téléphone qu'elle attribuait son rôle à Douglas Bogart, que servait son expérience des films d'aventures. Je n'ai rien trouvé à faire que regarder Guy s'avancer comme un fantôme vers le Frigidaire pour en tirer le pot de glace à la vanille. J'ai proposé qu'on annule le dîner avec les Castavet, il s'est assis pesamment sans répondre. Puis s'est levé comme un ressort pour se préparer : au contraire ça lui changerait les idées.

Effectivement son désarroi a semblé se noyer dans le gin tonic et le torrent verbal de Roman. Pas le mien. Au fil de la soirée le babil de nos hôtes est devenu le bruit de fond de mes tourments intérieurs. Qu'arriverait-il si Guy ne gagnait pas assez pour nourrir notre petit ? Devrais-je trouver un travail ? Qu'est-ce que je pourrais bien faire ? Coudre à domicile. Ou demander à oncle George qu'il me prenne dans son magasin de chaussures. Je n'y connais rien mais j'apprendrai. Au départ j'emprunterai à maman, elle voudra que ce soit un don et je refuserai, rien ne m'est dû. Une boule a grossi dans mes poumons que j'ai crue liée à l'anxiété, mais qui a pris très vite une consistance toute physique. J'avais peut-être trop bu. Le plancher s'est gondolé, les deux armoires se sont touchées au sommet comme deux cerfs bois contre bois et je me suis retrouvée dans un lit que je pensais le mien, clouée par une envie impérieuse de dormir, pas la force de retirer ma robe ou mes chaussures, ni celle de me sentir partir. La lumière de la chambre clignotait sur une machine à coudre tombée du ciel. Deux mains travaillaient sur le tissu, puis m'ont retiré mon collier, mon alliance. J'ai crié que je ne voulais pas rompre mon mariage, personne n'a entendu. Minnie est revenue en brandissant au bout de sa main énorme un gros feutre rouge avec lequel Roman a encerclé mon nombril. Ils voulaient l'entailler. Une lame de cutter brillait dans sa montre. À l'arrière-plan mon beau-père éclatait de rire en disant ça par contre interdit ! Ils ont chanté un psaume, je ne voyais plus Guy. Je le supposais devant la télé dont j'entendais les voix nasillardes soudain couvertes par la sienne, exclamative, répétitive. Viens vite Rose dépêche-toi. Mon mari m'appelait mais je n'arrivais pas à me tirer du lit. Rose viens voir, vite. L'homme de ma vie m'appelait et j'étais incapable de répondre à cet appel. Rose qu'est-ce que tu fais ? Au prix d'un effort démentiel je me suis traînée jusqu'au salon où je l'ai trouvé assis là devant un flash spécial. Regarde un peu ça Rose. Robert Kennedy avait été assassiné après un meeting de campagne présidentielle. J'ai vu son corps s'écrouler, puis disparaître sous les silhouettes coagulées par le drame. Une balle dans le ventre, je me suis touché le mien et j'ai pensé à sa mère. Ses deux garçons perdus à cinq ans d'intervalle. Heureusement qu'elle en avait d'autres. C'était une lutte incessante entre la vie et le diable sait quoi. La presse commençait à raconter que des garçons de dix-sept ans revenaient du Vietnam dans un cercueil. Sur les trottoirs on croisait des jeunes hommes estropiés. Je grossissais très peu. À cinq mois et demi il fallait avoir l'œil pour deviner, surtout avec mes robes courtes pas ceinturées.

Passée prendre des nouvelles, Minnie m'a trouvé une tête de cadavre et proposé de doubler les doses de jus. J'ai refusé, elle a insisté, puis attendu comme chaque jour que j'aie englouti le liquide pour se donner congé.

Guy a invité Douglas Bogart à dîner. J'ai trouvé l'intention à la fois étrange et noble. Ils avaient fait ensemble l'école d'art de Baltimore, Guy ne voulait pas que cette histoire de passation de rôle noircisse leurs années de camaraderie. Il a suggéré que les Castavet se joignent à nous. J'ai fait valoir que dans leur situation Douglas et lui avaient sans doute besoin d'intimité, de sincérité. Je l'ai senti au bord d'une colère que j'ai désamorcée en proposant qu'on invite ses chers voisins à fêter mon anniversaire à la fin du mois.

La soirée a révélé un Douglas touchant et chaleureux, loin de l'image colportée par les magazines. À lui j'aurais pu confier que j'étais enceinte. Je me suis tue quand même, et du coup j'ai craint que ce silence lui semble un aveu.

Au moment de lui rendre ses effets, j'ai eu beau fouiller et refouiller le placard du fond du couloir où je les avais glissés dans le pli de son imperméable, je n'ai retrouvé qu'un de ses gants. J'étais confuse, je déteste mal faire. Il ne s'en est pas formalisé, disant que de toute façon il laissait une partie de lui chez nous, parce que ce rôle il le tiendrait mentalement avec Guy à ses côtés. Les deux amis se sont étreints. J'étais confuse, je déteste mal faire.

Une semaine plus tard Guy est rentré des studios avec la même tête décomposée. Des examens médicaux venaient d'apprendre à Douglas qu'il perdrait la vue dans l'année. Le rôle du pirate justicier du Pacifique revenait à

Guy. Je confesse que j'ai d'abord ressenti un immense soulagement pour mon bébé qui, au moins les premiers mois, mangerait à sa faim. Puis beaucoup de peine pour Douglas, qu'avait-il fait pour mériter cela ?

Sur une impulsion je suis descendue faire couper mes cheveux que j'avais toujours eus mi-longs. Dans la glace, je me suis vue pâle, la vie me quittait au moment de la donner. Sans doute fallait-il que cela soit. Avant le premier coup de ciseaux, la coiffeuse a posé ses yeux dans les reflets des miens pour s'assurer que ma décision était irrévocable. Mon mouvement de tête l'a convaincue, aussi affirmatif qu'était obscure ma motivation. Peut-être une prise de moins à offrir à qui voudrait m'agripper.

À mon retour Guy n'a rien remarqué, absorbé par le scénario à réapprendre, se régalant déjà du monologue final. J'ai trouvé qu'il oubliait un peu vite à quel coup du sort il devait le rôle. J'ai demandé s'il avait appelé Douglas au moins, il m'a répondu qu'il n'en avait pas le courage. Il est sorti s'équiper de béquilles à l'ancienne pour s'habituer à marcher comme son personnage, unijambiste et bien sûr affublé d'un crochet en guise de main.

Le mois suivant mon teint a viré blafard. Je m'alarmais que le docteur Sapirstein ne s'en alarme pas. Lorsque j'évoquais ma sœur aînée de Midwest City que l'attente de chacun de ses trois enfants avait embellie, il disait qu'il n'y a pas deux grossesses semblables. Et si je m'inquiétais de l'accouchement : vous savez, quoi qu'il arrive on sait comment ça finira, toutes les grossesses se ressemblent.

Pourtant beaucoup de femmes meurent en mettant au monde. Si cela est, c'est que cela doit être. Je serrais ma petite Vierge en plâtre contre mon cœur, qu'elle me donne la force d'accepter.

Le soir de l'anniversaire de Guy, les Castavet ont débarqué avec un Saint-Bernard en peluche grandeur nature, cadeau anticipé pour mon bébé. Il aurait la taille de l'avaler et de le garder longtemps dans son estomac. La taille de le protéger aussi. Les deux à la fois, ou l'un plus que l'autre, je ne savais plus, ma tête tournait, je me suis accrochée au découpage puis au service de mon poulet aux amandes. Pour tenir à distance le verbiage postillonnant des Castavet, j'ai bu davantage que d'habitude, trop sans doute. Mais au point qu'un malaise me prenne au dessert je n'aurais pas cru. Tout mon sang brûlait, je me disais si mon bébé le boit ce sera comme boire une flamme, il y aura le feu sous sa langue et il mourra asphyxié. Exprimais-je tout cela à voix haute ? Minnie et Roman hurlaient de rire et Guy s'en amusait. Les aiguilles ondulantes de 23 heures ont indiqué le moment de me porter jusqu'au lit. Dans le couloir, des bouches chuchotaient qu'il était temps. J'ai demandé le temps de quoi ? Il y a eu des rires encore. Lorsque j'ai été allongée, les bruits de bouche se sont éteints, puis les lumières. Minnie a grondé qu'il ne fallait pas boire tant de brandy. Roman a dit ça par contre interdit ! Mon beau-père chantait quelque chose dans une langue orientale. Guy l'accompagnait en bougeant les lèvres outrancièrement. Tous répétaient : nous allons prendre les choses en main. Nous avons la main et nous la gardons. Nous nous en occuperons. Ne t'en fais pas. Minnie a répété : nous nous en occuperons ne t'en fais pas. Le Saint-Bernard posté près d'elle acquiesçait. Quand j'ai couru vers le placard il n'a pas aboyé. J'ai enlevé les étagères, le fond a pivoté et s'est ouvert sur le salon baroque. Des tableaux représentaient des miroirs qui se reflétaient les uns les autres. Approuvée par Minnie la coiffeuse m'a demandé de m'étendre sur un canapé surmonté d'un portrait de Nicolas II signé Raspoutine. Guy s'est retiré le crochet au bout du bras pour le donner à Roman qui en a appliqué la pointe sur le cercle rouge autour de mon nombril. Il avait les gants de Douglas, ils lui avaient jeté un sort pour que le rôle échoie à Guy qui en échange leur offrait mon bébé. Ils allaient me le retirer dans la nuit.

Roman a dit : je suis un Juif voleur d'enfants et voici un autre Juif voleur d'enfants et c'est moi-même je suis deux je suis double j'ai deux mains j'en ai quatre. Minnie s'est approchée un index sur les lèvres. Il ne fallait pas crier, il ne fallait pas pleurer, à elle on avait retiré son fils. Quand il était revenu sept ans plus tard, il l'avait à peine reconnue pour mère parce que c'est ainsi il ne m'appartient pas il est l'enfant de tous, il est entre de bonnes mains. En se retirant elle a glissé le parchemin dans le fourreau de Roman : fais juste en sorte qu'elle ne voie rien. Roman a répondu : je suis une pieuvre. Et Minnie : nous y travaillons. Et Guy a tendu un second crochet à Roman. Un pour chaque œil. Roman a dit : nous y travaillons. Mon beau-père : nous y pensons. Guy : ça par contre oui oui. Je ne voulais pas être aveugle, je ne voulais pas céder mon rôle. Personne ne m'a empêchée de me lever. Je n'ai pas pris l'ascenseur à cause de la bête dedans. J'ai dévalé les sept étages et soudain j'étais sur le trottoir enneigé. Un homme m'a couverte de sa veste et suppliée de ne plus pleurer. Je la lui ai rendue, il en avait autant besoin que moi dans le froid de décembre. J'ai couru jusqu'au bout de la quatorzième avenue. Le docteur Sapirstein n'a pas été surpris de me voir sur son seuil. Ses complices m'avaient laissée courir vers lui. Il y pensait, il y travaillait, il était un tentacule. Il m'a rattrapée dans l'escalier. Je me suis débattue, il fallait que je prévienne Douglas de cacher le gant qui lui restait sinon ils lui crèveraient les yeux qu'il n'avait plus. Le docteur a mis ses lunettes pour voir à travers moi. Il a demandé où était Guy. J'ai dit qu'il était un tentacule. Il voulait être enceinte à ma place, il avalait des bacs entiers de glace à la vanille pour nourrir notre petit en son sein en son sein en son sein. Le docteur a fait basculer mon corps et m'a portée dans son cabinet. C'était léger. J'étais légère. J'étais moins lourde que l'air. Je l'ai griffé au visage, sa femme et son fils ont accouru pour m'immobiliser pendant qu'il préparait la piqûre. Je voulais élever mon bébé loin des démons du septième étage. Le docteur disait doucement c'est bientôt fini, il répétait doucement c'est bientôt fini, je ne voulais pas que ça finisse, je voulais que ça dure, j'ai entendu un éternuement, puis un autre moins fort.

Et puis des chuuut. Tout doux.

Et puis un chant comme une berceuse.

C'était bientôt fini.

En me réveillant j'ai tâté mon ventre. Ça faisait comme une bosse. Je l'ai touché encore et encore pour me porter bonheur. Le plafond était flou puis net. Les murs propres. Guy m'a embrassé une joue et dit que deux semaines de sommeil m'avaient rendu mon teint de jeune fille de l'Oklahoma. La tapisserie de notre chambre avait changé. Ce n'était pas notre chambre. Une infirmière m'a fait basculer sur un lit roulant et nous sommes allés faire des examens à l'étage supérieur où le docteur Sapirstein observait les résultats d'une prise de sang. Il m'a demandé si je voyais un inconvénient à ce qu'il m'accouche. J'ai dit que non. Que c'était un privilège au contraire. Quelle enfant gâtée serais-je de refuser ?

C'était pour dans une semaine si tout allait bien.

Tout est allé bien. J'avais juste du mal à avaler les repas pourtant chaudement recommandés par l'infirmière – pour arriver en forme au rendez-vous avec Timothy, disait-elle.

Ou Mia, complétais-je.

Je m'étais réveillée de mon coma avec en tête ce prénom jamais entendu auparavant. C'était un mystère. Il faut accepter le mystère. Ce qui est obscur pour nous est lumineux pour Lui.

La douleur des contractions m'a semblé familière, comme quelque chose que j'aurais déjà vécu. Guy avait été assigné au couloir mais on l'a appelé pour couper le cordon, et au dernier moment il m'a tendu les ciseaux, avec un sourire d'amour invincible. Ça a fait un bruit de crissement humide. Je nous ai séparés. Je me suis dit : je nous ai séparés et ainsi tout est bien.

De retour à l'appartement nous avons posé le landau entre les deux chambres libres et nous avons attendu qu'une inspiration nous souffle laquelle offrir à Timothy.

Au début des années 80, autant que j'aie pu me projeter dans l'âge adulte, c'était niet. Je séchais un cours sur trois, squattais les tables du fond, soulignais mes yeux de noir, portais des vestes en jean saturées de badges morbides, passais en boucle Love Like Blood dans mon Walkman, je n'allais pas donner la vie soyons cohérents. Sans compter mon pressentiment presque natal que je ne serais libre qu'en garçon. Pendant des années je me suis donné un genre cheveux courts casse-cou, avec foot à la récré, puis bières au comptoir, puis kart et moto en bande, puis batterie dans un groupe de coldwave, jusqu'à l'âge où il est devenu statistiquement conforme d'ajouter la grossesse à ces festivités, ce qui impliquait que je sois une femme et ça c'était niet.

Or à trente-trois ans j'ai eu un enfant. C'est donc que, neuf mois avant disons, j'étais tombée enceinte. Vous ne voulez pas puis vous voulez. Vous êtes dans un état puis dans un autre. Quelque chose a changé. Quelque chose s'est altéré entre le point où niet et le point où pourquoi pas, entre le moment où je n'accède pas à la première demande de Jules et celui où OK essayons, entre l'hiver 95 et le printemps 97. En me concentrant bien je rétrécirais la fourchette mais ce serait mathématique et donc approximatif.

Parce qu'alors il faudrait aussi parler de l'avortement quelques années auparavant. Franck ne voulait pas d'un enfant, moi non plus, l'opération allait sans dire et ne prendrait qu'une matinée, pas de souci, pas un drame, longtemps après dans une soirée entre copines on a joué à qui n'a jamais avorté ? le jeu où personne ne gagne. Sauf qu'en mai 92 il y avait beaucoup de candidates (pourquoi ?), et le manque de place dans les cliniques du XIIIe créait le besoin qu'on incite les filles à garder ce dont elles comptaient bien se débarrasser. J'ai eu affaire à trois femmes aimables mais subtilement culpabilisantes. Elles avaient bien choisi leur proie, je suis en ménage durable avec la culpabilité : d'être en vie, de survivre aux morts, d'avoir des mauvaises notes, d'avoir des bonnes notes, de grandir, de ne pas grandir, d'aimer, de ne pas aimer, de crier de plaisir, de ne pas en prendre. Et bien sûr j'aurais culpabilisé de garder cet enfant autant que j'ai culpabilisé d'aller place Corvisart m'allonger sur du faux cuir taché pour qu'un médecin chinois me vide le ventre. Ça n'a pas été rien. Ça n'est pas passé comme un rhume. Le bruit du moteur de la sonde m'est resté en tête, tenace, indélébile. Comment dire, pour moi ce bébé n'est jamais mort. Il a survécu dans la mémoire de mon ventre. Aussi pourrais-je aligner les mots suivants : l'enfant que Jules m'a demandé était déjà là, attendant que je réenclenche une grossesse interrompue. Oui je pourrais le tourner comme ça.

Ce ne serait pas suffisant.

Parce que comme j'ai dit la première demande de Jules a essuyé un refus.

Donc il faut intégrer ma sœur au dossier d'instruction. À l'époque où Jules et moi expérimentions le concubinage et qu'un enfant le démangeait, elle a eu un fils devant lequel je me suis liquéfiée d'amour, puis vexée : ma cadette avait déjà eu ses règles un an avant moi, et voilà qu'elle me doublait sur l'enfantement. Je me suis promis de ne pas perdre le match sans lutter. Mon vieux goût pour la compétition, incomplètement épanché dans les cours de récré et sur les pistes de karting. C'est le garçon en moi qui m'a fait devenir une femme. Le concours de grossesse calqué sur le concours de bites, avec en juge-arbitre mon père si reconnaissant à ma concurrente de lui avoir donné un héritier.

Mon père.

Ne nous a jamais raconté qu'avant d'être acheminés en Pologne, d'où ils venaient, mes grands-parents l'avaient placé dans un orphelinat de l'ordre de la Perpétuelle Indulgence où les sœurs lui avaient appris à lire. Mais nous l'avons souvent entendu crier dans son sommeil. Ou se lever en pleine nuit faire les valises parce qu'il faudrait être prêts si une bande de brutaux débarquait pour nous emmener. Ou s'agiter comme une bête avant l'orage qu'il percevait. Ou faire deux enfants afin qu'il en reste un s'il arrivait malheur à l'autre – par exemple des brutaux qui débarqueraient pour l'emmener.

À tout cela mon père n'a fait allusion qu'une fois, dans l'essoufflement résiduel d'une crise de panique que j'avais calmée en le giflant – le garçon en moi s'était autorisé à gifler son père que la surprise de ce soufflet, plus que sa puissance effective, avait réveillé de sa crise mieux qu'un seau d'eau. Assis de force sur une chaise de cuisine il a dit : je t'ai donné la vie pour justifier la mienne. Et ajouté : à leurs yeux nous sommes injustifiables. Et conclu : si nous nous multiplions ils finiront par admettre que nous avons part à l'existence. Et moi : arrête de ressasser ces conneries.

Si connes les trouviez-vous, les conneries parfois vous pénètrent. Même si elles viennent d'un animal traqué et fébrile qui jusque-là s'était allègrement soustrait à son destin décrété de Juif injustifié en épousant une parfaite catholique, Marie-Christine née Deslauriers, baptisée à trois jours et première communiante à huit ans. À travers moi il dissipait des scrupules qu'un tardif regain identitaire avait fait germer. J'aurais dû redoubler ma gifle, au lieu de quoi ça m'a cuisinée vrillée titillée, et c'est venu s'agréger à mon neveu si mignon, à l'enfant mal avorté de 1992, et j'imagine à mille autres machins anatomiques et mentaux, la tête le ventre le cul l'utérus les pieds le sang, et par exemple au fait que Jules ayant déjà trois fils de deux mariages je me disais qu'il saurait faire, me rassurerait, injecterait du connu dans l'inconnu, et donc à sa demande réitérée j'ai répondu : allons-y.

D'un commun accord j'ai arrêté la pilule et trois mois après j'ai vomi. Au commencement est le vomi, un écrivain nihiliste en tirerait matière à bon mot, moi je note juste qu'on se devine porteuse d'une vie le jour où on dégueule.

Le test a été confirmé le 24 décembre (heure oubliée), mais ce n'est pas une ère chrétienne qui a commencé alors. Plutôt une ère de force. Il n'y avait plus de soupçon possible quant à ma légitimité à vivre ; plus personne ne me collerait la honte d'exister. Les brutaux pouvaient nous jeter dans un train de bestiaux direction Treblinka, je prendrais mon enfant avec moi comme blason de mon invincibilité.

J'avais hâte de grossir pour que ça se voie. Parader comme une impératrice. Marcher en pointant le ventre – sans les pieds en canard et les mains sur les reins, on a une dignité quand même. Je voulais que tout le monde sache que j'en étais capable, et qu'un homme m'avait fait ça. On ne le dit pas assez mais, Marie mère de Jésus exceptée, chaque femme enceinte affiche l'information qu'elle a déjà été pénétrée, en tout cas suffisamment pour qu'il en résulte ce que vous voyez là messieurs dames.

Cela dit, heureusement que la nature requiert du sexe pour la conception et non pour la consolidation de la grossesse, parce que Jules a peu goûté ma métamorphose. Il était pourtant triplement prévenu que la livraison d'enfant se faisait dans un gros ventre et un gros cul pas forcément désirable. Il avait sans doute pensé trouver celui-là dans un chou. Les six derniers mois il ne m'a plus touchée. Je n'ai jamais été aussi peu pénétrée qu'à partir du moment où je suis devenue une femme.

Dommage parce que j'avais des grosses envies, et pas de tartes aux fraises hein, des envies de sexe d'homme entre mes jambes, très précisément. Quand je n'étais pas de surveillance de cantine, je passais la pause de midi au bord du lac de la Porte Dorée pour ferrer le désir des pères qui initient leurs gamins au modélisme. Tous les jours je faisais une prise. Parce que les types sont contents de s'offrir un petit frisson à peu de frais ; parce que techniquement mon état leur offrait une accroche de conversation moins bidon que la météo ou le polar que je feuilletais sans le lire ; ou parce que j'étais bandante, me disais-je et tant pis si je me mettais le doigt dans l'œil, au moins ça me faisait un doigt quelque part.

D'être une femme ne vous destine pas à la grossesse (millions d'exemples). Ça marche dans l'autre sens. Pour la première fois je me découvrais une complicité avec ma gent, et même avec les futures mères, et même parmi elles avec les énervantes qui arborent un tee-shirt J'arrive en mars ou Made in me. Et si jamais me prenait l'envie de rejouer à la garçonne, le locataire se rappelait à moi par des glissements à la surface interne du ventre, petit poisson frôlant les bords de son aquarium. J'y étais, 24/24, et plus question de fuir : c'était là et il faudrait que ça sorte d'une manière ou d'une autre.

Jules c'était plutôt du 4/24. Je mettais son indisponibilité sur le compte de la croissance chronophage de sa boîte de dépannage informatique et d'une habitude des grossesses qui, je pouvais le concevoir, rendait moins captivante celle-ci. Ayant conçu un enfant je pouvais tout concevoir.

J'ai demandé : qu'est-ce que je pourrais faire pour que celle-ci acquière un prix spécifique à tes yeux qui en ont déjà vu trois ? Il a dit : accouchement naturel. Comme ça, direct. À croire qu'il l'avait médité.

Évidemment les mères de ses enfants n'avaient pas compté parmi les illuminées qui refusent la péridurale. Donc ce serait ça l'élément nouveau : que je le sente bien passer. Pour preuve d'amour.

Hélas je n'étais pas exactement une illuminée. Je l'en ai informé, ainsi que de ma réticence à jouer aux martyrs. Comme il s'est irrité j'ai pleuré – je n'étais plus un garçon. Et comme j'ai pleuré, il a dit : et si on lui donnait ton nom ? J'ai dit : mon prénom ? Il a dit : non, deux Judith à la maison ce serait pas pratique. Ton nom. Maintenant on a le droit de donner à un enfant le patronyme de sa mère, enfin le matronyme quoi.

Jules tout craché. Des moments chevaleresques qui ressourçaient votre amour asséché par de quotidiennes défections.

J'y ai réfléchi, et d'y réfléchir m'a fait déchanter. À la lumière de sa distance nouvelle, sexuelle et autre, j'ai réalisé que cette faveur était le premier signe d'une désertion – d'un déni. J'avais peut-être tort. À ce moment mes soupçons pouvaient encore relever de la parano mal placée, si tant est que la parano puisse être bien placée. N'empêche que le lendemain j'ai décliné l'offre. Cet enfant porterait le nom de ses trois demi-frères, j'y tenais et ne me demande pas pourquoi. Dans la foulée j'ai demandé, d'un ton si volontairement léger qu'il trahissait la suspicion sous-jacente, s'il assisterait à l'accouchement. Pas que j'y tienne, et surtout pas à ce qu'il se campe face à l'action pendant l'expulsion, putain tout sauf ça, je ne comprends même pas que des pères s'infligent cette vision, et pour certains caméra à la main – les mêmes j'imagine qui pratiquent le saut à l'élastique. Mais nous en étions là : soupçons et flicage affectif.

Le jour venu c'est pourtant lui qui a identifié le bruit de la rupture de la poche, ploc, puis m'a emmenée à Robert-Debré dans le Renault Express de sa boîte. J'avais tenu à l'hôpital public, à la fois parce qu'ils sont bien équipés en cas de complication (niveau 3), et aussi parce que j'aimais l'idée d'accoucher parmi le tout-venant. Dans le XIXe arrondissement, le tout-venant est noir et arabe ; un peu les salariés et beaucoup les patientes. Oui j'aimais l'idée, mais au fil du séjour j'ai compris pourquoi toutes mes copines avaient accouché en clinique quitte à payer les frais d'hôtellerie. Deux douches pour quarante-cinq chambres, plus sales que des sanitaires de camping, et du sang séché sur les murs de la salle de travail. Ils ont les appareils pour des opérations haut de gamme mais il manque des prises pour les brancher. Le personnel m'a fait promettre d'écrire à qui de droit quand je serai sortie, eux on ne les écoutait pas. J'ai promis en remettant à plus tard le moment d'y réfléchir, pour l'instant j'avais à régler une formalité d'ordre personnel.

Je me suis appliquée à tout bien faire comme en préparation, et bien sûr ça n'avait rien à voir. Au bout du compte les exercices respiratoires m'auront surtout servi à ne pas stresser au moment de doubler un camion par temps de pluie ou à ne pas insulter ma chieuse de directrice et les parents d'élèves intrusifs.

Ça tournait à la boucherie. Love Like Blood. Le médecin avait des airs de Pierre Arditi et parlait pour me détendre : ils sont sympas vos élèves ? ils ont quel âge, huit-neuf ans non ? hein c'est bien ça en CM1 ? Comme je répondais que je les aimais tous tous tous tous il a dû se dire que mon cerveau était suffisamment brouillé pour accepter n'importe quoi. Il s'est penché sur moi et m'a glissé textuellement : vous sentez mes doigts là ? Bon, ils n'ont rien à faire là, on est d'accord ? Alors virez-les, poussez ! J'étais déjà bien trop épuisée pour lui en coller une.

Au moins le processus était enclenché.

Je suais je puais et je me disais : quel démiurge tordu a fait que la nature soit si mal proportionnée ? Dans le meilleur des mondes les bébés naîtraient à un kilo et grossiraient après. Ou alors les vagins seraient plus larges, et les cols de l'utérus beaucoup plus ouverts, oui mais si les vagins sont plus larges il faut des bites énormes, oui c'est ça des bites énormes qui s'en plaindrait ? énormes mais pas trop quand même, ce bébé est une bite bien trop énorme qui va m'exploser la chatte, oui ce 12 juillet 98 entre 20 heures et 22 heures j'ai dû penser des choses de ce genre et je les rapporte telles quelles puisque c'est l'idée.

Dans mon brouillard de douleur et de sueur et d'anesthésie, je voyais Jules piétiner, s'impatienter, sortir, rentrer. Et puis à un moment il a téléphoné et j'ai reconnu le ton qu'il prend quand il parle à ses fils. Il a assuré qu'il ne tarderait plus, qu'il finissait juste un truc.

Un truc.

Je finis juste un truc.

Là malgré le brouillard – ou est-ce justement ce semi-coma qui a fait le lit de mon hyperlucidité ? – j'ai tout compris : pas plus qu'il n'avait informé son ex-femme, il n'avait dit à ses fils qu'ils auraient bientôt une demi-sœur nommée Camille. Tout était clair et dans la seconde j'ai décidé que j'allais quitter cet homme sitôt sortie de cet hôpital de malheur (de bonheur).

Je ne me le suis pas exactement dit de cette façon. En vérité cela s'est tramé autrement.

Je raconte.

Si Jules sortait régulièrement de la chambre, c'était pour fumer ; pour tirer un paquet de Camel de sa veste et s'en griller une sur le parvis de l'hôpital. Alors les mots qui sont venus, par quel chemin tortueux, à mon cerveau n'ont pas été : je quitte cet homme, mais : je ne fumerai plus jamais. Moi qui surclopais depuis la sixième, moi que même la grossesse n'avait pas arrêtée, malgré les remontrances de ma mère et la réprobation muette de pas mal d'autres dont cette infirmière qui m'avait glissé que dans mon état ma santé ne m'appartenait plus, moi qui m'étais pendant vingt ans équipée de Marlboro de cow-boy je venais d'être foudroyée par la certitude que je ne toucherais plus jamais à une cigarette.

Plus une. Ni pendant les trois jours après l'accouchement, rivée seconde après seconde à ma petite merveille de trois kilos sept. Ni en rentrant chez moi, seule parce que le lendemain de la naissance Jules était parti rejoindre ses enfants à Antibes.

Il a fallu retrouver des réflexes de célibataire, secondée pendant une semaine par ma belle-mère, d'autant plus diligente qu'elle avait pris sur elle la désertion de son fils – accès de culpabilité en forme d'aubaine pour moi passablement incompétente en matière de réflexes vitaux, comme l'avaient appris à leurs dépens les trois chats que j'avais laissés mourir par mégarde pendant mes années fac d'anglais.

Bientôt il ne m'est resté que la sage-femme indépendante qui passait tous les trois jours pour adoucir les séquelles de l'épisio. Et les filles de la PMI, admirables, jamais inquisitrices. Et les copines que je me suis faites en y traînant plus longtemps que nécessaire, aussi paumées et hébétées de fatigue que moi. Cette découverte de l'entre-soi féminin me donnait le regret de l'avoir si longtemps snobé.

C'est peut-être cette fraîcheur nouvelle qui m'a donné la force de traiter calmement le dossier Jules. J'ai commencé par accepter son retour à la maison avec une magnanimité qui sentait l'indifférence, puis je l'ai laissé repartir au ski avec son ex-femme, et donc sans moi puisqu'elle persistait à refuser de me voir. En son absence j'ai trouvé notre Mac ouvert sur sa boîte e-mail. Je jure que je ne l'ai pas ouverte. Il avait négligé de la fermer, une négligence volontaire, on ne trahit aucun secret par inadvertance, et c'est à ce titre que je me suis sentie fondée à cliquer sur le nom de cette rivale que je croyais défaite. Elle évoquait son bonheur d'avoir recouché avec lui et son espoir qu'ils ne se quitteraient plus cette fois.

Je venais d'apprendre ce que je savais. Ce que j'avais su d'emblée. Les révélations tardives sont le lot de ceux qui préfèrent leur paix à la vérité.

J'avais tenu à ne pas allaiter pour diviser par deux (idéalement) le beau travail de s'occuper d'un enfant, et finalement la part du père me revenait. Peu importe : vingt ans de virilité m'avaient préparée à affronter seule cette montagne. Je me demandais juste comment je me débrouillerais, de retour devant ma classe, les jours où la petite tomberait malade. Peut-être la mettre au fond de la salle, François m'avait raconté qu'une de ses collègues de Dreux faisait ça avec ses secondes, et que personne n'y trouvait à redire, surtout pas les élèves trop contents de tromper leur ennui en zyeutant le landau. Je me disais qu'avec les petits de CE2 ce dispositif passerait encore mieux.

J'ai retrouvé mon poids d'avant à une vitesse qui a soufflé mes nouvelles copines. La salope, s'est exclamée Dounia en singeant la jalousie. Trop de chance, a envié Cathy qui n'arrivait pas à reperdre. Et en même temps à quoi il me sert ce corps si mon Jules est parti ? ai-je ponctué en riant plus ou moins. Bah, y aura d'autres hommes, a dit mon père, qui depuis la naissance baignait dans un optimisme inédit, abasourdi qu'un petit être s'impose dans l'existence avec une telle autorité qu'aucun brutal ne semblait pouvoir l'en déloger.

Au début je n'en voulais pas car ça risquait d'être une fille.

Une chance sur deux, en gros.

Une malchance sur deux que tout recommence, que tout continue jusqu'à la fin des temps.

Au sixième mois nul n'aurait deviné que ma mère était enceinte de moi. Elle se glorifiait de porter encore des pantalons taille 36 et ses sous-vêtements d'avant. Parlait-on déjà de déni à la fin des années 60, ce temps où dans les campagnes des filles engrossées un soir de bal le dissimulaient jusqu'au bout et s'isolaient dans un bois pour mettre bas ? À Brézolles, que n'a jamais quitté ma grand-mère maternelle, je croisais souvent le fils Greniau, qui selon la rumeur villageoise devait son front plat et sa débilité légère aux mille techniques employées par sa mère pour comprimer son ventre gros. Pour ma part je suis née à un kilo six. Le septième mois les médecins m'ont libérée de l'utérus où ils avaient fini par comprendre que rien ne m'aidait à vivre.

Contre toute attente j'ai acquis assez vite un poids viable. Au bout de deux ans, les docteurs ont considéré que je pouvais espérer durer au moins autant qu'un être humain moyen.

Ma mère a eu je pense du mal à l'admettre.

Le récit familial établit que ses trois tentatives de suicide m'impliquent peu ou prou. La veille de la première, une colère m'avait fait lâcher que je n'aimais pas les week-ends dans notre maison de campagne de Nogent-le-Roi. J'avais neuf ans, le vieux bois grinçant et l'humidité me glaçaient. C'est monté très vite, elle a cassé une assiette, puis une autre, puis une autre, trois assiettes oui, une par une, avec parcimonie. Comme je rassemblais les bris sans broncher, ses cris ont redoublé, elle est montée à l'étage en m'insultant et le lendemain on l'a trouvée inanimée dans ses draps. Sur la table de nuit les expédients qu'on sait.

Elle n'a pas du tout aimé non plus que je commence à m'habiller à mon idée. Les jeans serrés et ma coupe sculptée spécial 82 me donnaient un type androgyne, c'était son avis, exprimé de préférence devant témoins pour s'exempter de toute responsabilité. Du coup elle m'achetait des valises de fringues immettables ou en confectionnait pour deux. Sur une photo de moi à douze ans je porte une petite robe du même tissu vert pomme que la sienne.

Inversement dès qu'il m'est poussé des seins elle a trouvé que j'en avais trop. Mon pauvre 80 B c'était encore trop. Chaque matin ou presque : ils ont encore grossi non ? Comme si le Père Noël des lolos m'avait visitée dans mon sommeil.

L'idée d'une opération s'est invitée à la table familiale, dont je comprenais chaque année mieux pourquoi mon père l'avait désertée si tôt. Ma mère voulait me réduire en Tom Pouce, et que je réintègre ses entrailles, et que de là par un conduit intersidéral je rejoigne le noir abyssal où je flottais avant de lui infliger mon existence.

Après le bac, je me suis esquinté le dos sur les marchés pour me payer un studio dans la périphérie de Dreux, hors du périmètre de harcèlement. Pour racheter sa gêne d'être l'élu arbitraire du cœur de ma mère, mon frère aîné m'a aidée à porter les trois cartons que j'emportais dans la fuite. Elle s'est évidemment proclamée trahie par tous, d'où sa deuxième tentative de suicide, par le même moyen peu radical.

La troisième c'est, un an plus tard, quand, rangeant la maison de Saint-Marcel après le décès de sa mère, elle a découvert le journal intime où la défunte raconte en détail le calvaire de s'occuper de sa fille unique, et sa rage de voir les regards se détourner d'elle pour admirer la divine enfant. Ma mère avait déjà eu quarante ans d'humiliations pour éprouver la sévérité de la sienne, mais désormais elle ne pouvait plus se raccrocher à l'espoir rétroactif que cette longue conflictualité ait pu être précédée d'un laps d'amour sans taches, fusionnel, maternel.

À la sortie de sa cure de sommeil au centre hospitalier de Bonneval, elle a demandé à mon frère de prendre le volant. Le volant de ma R 5. Achetée d'occasion 1 500 francs, mais ma R 5 quand même. Elle ne supportait pas que je conduise, ce qui à l'aune de l'ensemble de son œuvre est un bénin blocage, une bizarrerie routinière. Une fois posée la norme de la folie, c'est la raison qui paraîtrait pittoresque si elle reprenait possession de votre bourreau.

Quand Pavel m'a demandé un enfant je n'ai pas pu dire oui. Malgré le désir tangible de donner un aboutissement à deux ans d'une relation étrangement harmonieuse, je me suis vue refuser. Trop peur de reproduire, ai-je expliqué, et cette crème d'homme non-francophone n'a pas perçu le sens que je mettais dans ce mot.

En 94 mes premiers salaires d'ingénieur agronome m'ont permis de me payer un psy. Fabrice m'a recommandé le sien, qui l'avait remis à la verticale après le départ de Fabienne. Moi je ne me sentais pas dépressive, même pas au fond, puisqu'il paraît qu'on l'est tous au fond. En général je vivais debout. Je voulais juste qu'on me donne le courage d'enfanter.

J'ai trouvé les premières séances longues et creuses, les suivantes longues et creuses, et aussi celles d'après. Et puis un jour le gourou m'a dit, ou peut-être cette suggestion m'a-t-elle été soufflée ailleurs, au milieu d'une plaine de la Beauce, ou sur mon trajet quotidien entre Dreux et Plaisir-Grignon : ne fais pas à la séculaire angoisse la faveur de la redoubler.

Le psy, un corbeau de fable, un épi de blé parlant, peu importe l'émetteur, cette solennelle injonction ne m'a plus lâchée.

L'angoisse est l'ingérence en moi du passé. Le présent qui procède de moi seule ne sera que courage.

Devenir mère procédait de moi seule.

De moi seule et de Pavel, à qui j'ai dit oui, et qui en a pleuré d'extase, et qui a remis ça devant le test positif, et aussi en l'annonçant à son frère jumeau au téléphone. Une vraie chialeuse mon homme.

Si je n'avais écouté que mon ventre j'aurais fait comme toutes les filles, j'aurais foncé chez l'échographiste bien avant le troisième mois. Dès la sixième semaine j'aurais inventé un malaise pour obtenir un rendez-vous anticipé, voir si tout se passait bien, on ne sait jamais docteur quelle complication peut survenir, quelle maladie, quelle bactérie homicide, quel virus colporté par des dindes asiatiques qui en 95 ne sévissaient pas encore mais on n'est jamais trop prudent docteur.

Rien de tout ça. Angoisse connais pas. Angoisse je ne te redoublerai pas. Je viens de nulle part. Je n'ai pas d'origine. Je suis née à vingt-huit ans. Je suis une génération spontanée à moi toute seule. J'attends trois mois bien sagement, puis une demi-heure dans le couloir, puis quatre minutes allongée avant que l'échographiste délivre son diagnostic, pas son verdict son diagnostic, tranquille sereine, la femme de Bouddha, Emmanuelle toujours mais comme la sœur qui s'arme de patience pour soigner les pauvres. Il a dit : très beau placenta. En langue obstétricienne, très beau veut dire normal. L'absence de très beau veut dire anormal. Qu'il regarde maintenant le cœur sans dire qu'il est très beau veut dire que le cœur est anormal.

Tellement anormal qu'il ne bat pas. Stoppé dans son élan à la huitième semaine. Depuis un mois j'avais un enfant mort dans le ventre.

Il fallait l'enlever au plus vite, dans la journée si possible. Je me serais bien accordé une nuit de répit mais dans son beau français grammatical Pavel a dit nous devrions suivre les recommandations. Tranquille sereine, sœur Emmanuelle femme de Bouddha, je l'ai laissé me conduire aux urgences où une interne m'a demandé de choisir entre le médicament et l'opération, avec pour seule explication que c'était à peu près pareil qu'un avortement. J'ai cherché la résolution dans les yeux de Pavel qui la cherchait dans les miens. Comment trancher ? Selon quels critères ? Agacée par notre silence elle a dit écoutez on va pas y passer deux ans, moi quand ça m'est arrivé j'ai pris le médicament et voilà.

Pour ne pas justifier rétroactivement son agressivité, je me suis retenue de la traiter de sale connasse. Je me suis même composé un sourire d'hôtesse de l'air et une voix bouddhique pour dire dans ce cas très bien nous allons opter pour le médicament.

Une semaine plus tard je saignais encore. Une nouvelle échographie a établi que 80 % du bébé avait résisté. Pas si efficace le médicament. J'ai pensé : un médicament n'a pas d'oreilles, ne l'insulte pas il ne t'entendra pas. Et s'il t'entendait il ne te comprendrait pas, vu qu'il ne possède pas ta langue le sanskrit.

J'aurais pu aussi courir assassiner l'interne caractérielle, au lieu de quoi je me suis mise en quête d'un médecin qui me nettoierait le ventre. Je savais que ma mère pourrait faire jouer la solidarité corporatiste, mais la manœuvre impliquait que je lui annonce à la fois ma grossesse, son échec, et l'échec du traitement des séquelles de l'échec. Il y avait pour elle là-dedans au moins deux motifs de réjouissance, et c'est avec un entrain inédit qu'elle a activé son réseau pour m'obtenir un rendez-vous dans la semaine avec un médecin coté.

Une fois clos ce chapitre biologique, le psychotage a repris. La machine à penser n'importe quoi. À penser qu'il n'y a pas de hasard, qu'en tout drame il y a une justice. Que cet enfant je l'avais étouffé dans mon utérus par crainte que ce soit une fille et que j'en devienne le bourreau. Et pendant que là-haut ça philosophait, mon corps, autonome, émancipé, plus malin et progressiste que ma tête, suait dans la soute pour fabriquer un autre enfant.

Entre deux larmes de routine, Pavel a remercié son sperme de grande qualité, et promis à notre fils un destin de champion de basket. C'est pour me rassurer qu'il disait : notre fils. C'est par absolue douceur que mon homme pariait sur la puissance d'exorcisme de ces mots, notre et fils.

Cette fois j'ai squatté la clinique chaque dimanche des premières semaines. J'avais mal partout, ah supermal je vous assure docteur, examinez-moi sur-le-champ, faites venir des spécialistes californiens de l'utérus, je vais pas tarder à y passer je le sens.

Ça marchait. On me prenait. La prime à la conne.

Pour ne pas tenter l'angoisse, Pavel m'a suggéré d'ignorer le sexe du bébé, mais à la deuxième écho le médecin a dit qu'elle était petite ce fœtus. Et ce n'était pas le genre qui plaisante avec les accords.

Une fille, donc. Deux chromosomes X et pas de Y.

Or, aucune panique. Parce que Pavel Tarzan et moi Emmanuelle Bouddha. Et aussi parce que toutes mes cellules créatrices d'angoisse avaient changé d'axe. Il n'y a pas meilleure façon de dissiper une appréhension que de la troquer contre une autre. J'avais une fille en moi, une malchance sur deux, mais surtout elle croissait mal. Je grossissais à peine. Portais les mêmes sous-vêtements qu'avant. Tout était normal. Je veux dire : la norme anormale s'imposait à nouveau.

C'est ce que ma tête philosophante a formulé. Et pendant ce temps mon ventre, autonome émancipé etc., mon tout petit ventre de petit bout de femme d'un mètre cinquante-deux s'est arrondi. Cette seule vision m'a submergée de bonheur. Submergée est une bien conventionnelle façon de parler. Il n'y a pas de mot. Ou alors comme mot il y aurait indicible.

Revers du bonheur, puisqu'il en faut un : je ne pouvais le cacher à ma mère qui souvent passait à l'appartement quand Pavel n'y était pas – il l'avait interdite de séjour. Moi je lui ouvrais. Je me rangeais objectivement du côté de ma mère contre mon homme, allez comprendre.

Cela dit elle était plus calme. Moins pénible. Moins infanticide.

Jusqu'au jour où elle a vu, ou elle a su.

Et ça a recommencé.

À chaque visite elle s'arrangeait pour placer sa phrase préférée : cette petite va mourir. Elle le craignait elle le disait elle le désirait. Ce n'est pas une contradiction c'est une cohabitation ; aucun sentiment n'exclut son contraire. Dans l'appartement de Dreux il y avait une baignoire creusée dans le sol qui faisait bien marrer les copains, une fois François piteusement bourré était tombé dedans. Chaque fois qu'il en était question, ma mère dégainait son décret préféré : il faut la boucher, ta fille s'y noiera. Sans qu'on puisse démêler si elle voulait bétonner le trou pour épargner ma fille ou la couler dedans au préalable.

Depuis 74 qu'elle avait eu la jambe broyée dans un accident de moto, elle avait toujours repoussé l'opération qui résorberait une légère claudication dont elle avait toujours usé avec talent pour apitoyer son monde.

Elle a choisi le moment de ma grossesse pour entrer à l'hôpital public de Dreux, à trois cents mètres de chez nous. Pendant dix jours et un mois de rééducation l'attention s'est déplacée vers elle. Mes frères lui rendaient visite tous les jours, et donc je les voyais moins. Une captation d'altruisme très bien orchestrée. Elle me pompait, pompait ma fille, nous pompait.

Et pourtant l'une et l'autre grossissions, imperturbables, et dans des dimensions très inattendues. À huit semaines du terme mon ventre plus gros que moi me rendait si maladroite que je me salissais en mangeant. De larges vergetures rouge foncé sont apparues sur le globe, se sont épaissies, étirées de jour en jour. J'avais beau me crémer toutes les six heures, je craquais de partout. Petite contrariété compensée par l'idée plaisante que ma mère n'avait certes pas subi la même. Mon désir de faire peau neuve s'incarnait.

Tout doucement quand même. Une peur contre une autre, j'étais persuadée que j'y passerais en l'expulsant. Mourir en couches, comme disait ma mémé de Saint-Marcel. Ou alors, une peur contre une autre, j'imaginais que la prochaine étape serait l'explosion. La petite trop à l'étroit allait tout faire péter très en avance, fœtus géant transformé instantanément en bébé chétif comme jadis sa mère. Chaque jour je cochais le calendrier avec frénésie. Chaque jour écoulé une victoire, et l'idée de son prénom m'est venue comme ça.

Ma mère a feint de ne pas voir qu'à proportion de mon ventre fleurissaient des seins gros et durs sur un corps peu accoutumé au phénomène. Un reste de décence la retenait de me suggérer de les réduire maintenant. C'est moi qui venais au sujet, mue par une envie de clash que je me reproche aujourd'hui : t'en fais pas j'allaiterai, disais-je, elle me videra et je perdrai mon pauvre petit bonnet d'avant la grossesse. Elle disait : comment ça allaiter ? quelle horreur ! tu aurais aimé toi qu'on foute un téton dans ta bouche de force ?

Ben oui j'aurais aimé. Ça n'aurait pas été de force tu sais. Tout n'est pas rapport de force tu sais. Si deux humains se croisent il n'est pas absolument sûr qu'ils désirent s'entretuer tu sais.

Ça la mettait en rogne, en trois secondes le salon s'emplissait de cris et Pavel sortait fumer sur le balcon.

Il m'a fait promettre de la tenir à l'écart de l'accouchement. J'ai menti sur le terme et demandé à mon frère de l'emmener quelque part le jour J.

Pavel est resté en permanence avec moi dans la salle de travail. L'œil rivé sur le monitoring, il me prévenait à chaque contraction : attention elle est énorme celle-là ! Comme ça pendant sept heures au bout desquelles il s'est évanoui. L'oxygène prévu pour la parturiente a servi à réanimer son homme.

À moi on a quand même filé un produit pour la douleur. Quand il a commencé à faire effet j'ai vu ma mère qui fermait la porte. Pas qui l'ouvrait : qui la fermait. Tout en pique-niquant avec mon frère dans le bois de Marcilly-sur-Eure, à vingt kilomètres de là. Elle quittait la pièce pour me laisser accoucher et que la petite vive.

Aussitôt j'ai expulsé.

Je le raconte comme ça s'est passé.

Et je livre les chiffres bruts : femme d'un mètre cinquante-deux née à un kilo six, j'ai pondu une fille de quatre kilos cinq. Une sorte de miracle – quel accouchement n'en est pas un ? Victoire était décidément le prénom adéquat. Du coup j'aurais bien aimé m'appeler Prudence. Ou moi Chenille et elle Papillon.

Ils voulaient me l'enlever la nuit, j'ai dit non non non pas question. Je voulais faire tout bien. Quand mon père m'avait dit que la discorde avec ma mère s'originait dans notre séparation les trois premiers mois, elle autorisée à ne me toucher qu'avec des gants à travers la bulle, je lui avais objecté que si elle n'avait pas été défoncée au vin blanc et au Prozac cinq jours sur sept ça n'aurait pas nui à notre entente. Mais dans le doute j'ai agi comme si l'effrayante idée que les premiers gestes déterminent une existence n'était pas inepte. On fait comme si parce que ça ne mange pas de pain, et ainsi perdure cette religion.

Ma mère a débarqué comme une armée le troisième jour, Pavel est descendu à la cafétéria. Victoire dormait, sa grand-mère ou supposée telle s'est irritée de mon refus qu'elle la réveille.

Enfin Emmanuelle sois raisonnable, elle sera si contente de me connaître.

Elle a attendu neuf mois, maman, elle peut attendre une heure de plus non ?

Elle s'est assise sur un lit vide pour passer des coups de fil en parlant fort. À un moment je suis sortie pisser et à mon retour elle n'avait pas pu s'empêcher de déranger la petite. J'ai gueulé comme jamais. Pas du tout femme de Bouddha pour le coup. Plutôt nièce de Louis de Funès. Elle a adossé sa colère à la mienne, disant que si c'était comme ça elle ne reviendrait plus. Je ne l'ai pas retenue. Nos tripes hypermnésiques étaient parvenues à leurs fins, comme toujours.

Au moins j'étais débarrassée d'elle. Et j'ai pu sans être taxée d'insolence allaiter ma fille avec mes gros seins transgressifs.

Gavée de lait, j'aurais pu nourrir des quintuplés. On m'a parlé de La Leche League, une histoire de prématurés à aider, mais je voulais tout garder pour moi. Mère ingrate.

Comme cette abondance intriguait la science je suis restée une semaine en observation. Pavel a installé un matelas par terre pour passer les nuits avec ses deux nanas préférées. On a été heureux. Entre deux sommeils profonds, des journées à pouponner, aucune intendance à assurer, le rêve. Une trinité princière en apesanteur.

Hélas il a fallu rentrer à la maison. Traduction pavelienne : supporter les visites de ma mère.

Supporter qu'elle trouve sa petite-fille trop grosse un jour et rachitique le lendemain ; ou qu'elle persiste à calmer ses pleurs en sifflant alors que ça me sciait les oreilles ; ou qu'elle ressasse sa terreur que sa petite-fille soit brune, alors que des cheveux blonds lui poussaient.

Brun dans l'esprit de ma mère connotait le sale, et avec l'âge son hygiénisme avait empiré. Pendant ses premières semaines elle a gratifié ma fille de centaines de langes. J'en jetais la moitié, et quel obscur scrupule m'empêchait de jeter le reste ?

Aux deux mois, Pavel a dû rentrer quelques jours en Russie pour accompagner l'agonie de son père. Bizarrement je n'ai pas pensé au cycle de la vie et tout ça. J'ai pensé que j'avais la trouille. De me retrouver en tête à tête avec ma fille et d'être méchante avec elle, de la battre comme ma mère l'avait fait pendant dix ans – jusqu'à l'installation de son cabinet de psychiatre dans l'appartement, on aurait pu nous entendre.

Pavel m'a embrassée en disant : ça va rouler.

Il avait raison. Cet homme a des dons de vision, ou de persuasion.

À quelques prises de gueule près, quelques pleurs de nuit, quelques crises d'épuisement, il y a eu de l'amour entre Emmanuelle et Victoire, deux femmes dont l'une était pourtant issue du ventre de l'autre.

Ce qu'on appelle une bonne surprise, et elle a duré.

Longtemps.

Quinze ans à ce jour.

À l'adolescence ses shorts moulants ne m'ont pas contrariée, ni qu'elle se perce la langue, ni qu'elle devienne plus vive d'esprit que moi, ni que la draguent des garçons tous plus beaux que le plus beau auquel j'avais pu prétendre à son âge. J'ai même aimé lui voir de beaux gros seins comme il n'en était poussé à aucun membre de notre lignée de femmes malades.

Au début de l'après-midi, la mère de Léo m'a informée au téléphone que les enfants s'amusaient bien et que je pouvais reprendre le mien plus tard que prévu.

Je suis passée vers 17 heures.

Une partie de la coterie d'anniversaire s'éclaboussait dans la piscine. Pas d'adulte en vue. Un petit brun en costume de Zorro m'a indiqué que Gary jouait à l'étage. Dans l'escalier j'ai manqué être tamponnée par une panthère, puis deux cow-boys armés se sont glissés sous le lit de la chambre conjugale où j'ai jeté un œil.

Je l'ai reconnue tout de suite.

Tout de suite j'ai senti.

Ce sont des choses qui se sentent.

Pourtant elle était déguisée en fée, et le visage enfoui dans son avant-bras posé sur le mur pour le compte du cache-cache. Rien qu'une silhouette de dos, et très modifiée bien sûr, mais j'ai su. Ces choses qui se sentent n'ont à voir ni avec l'apparence, ni même avec la chair. Quand elle s'est retournée son visage n'a été qu'une confirmation.

Gary m'a secouée de ma stupeur tremblante en m'entraînant par la manche vers la Wii de Léo, puis en insistant pour que j'essaye la simulation de tennis, dans le but mal dissimulé de se foutre de moi avec ses copains. Je me suis laissé faire, j'étais un automate, une statue de glace.

Ma petite fée.

Traversant la maison dans l'autre sens, je ne l'ai plus aperçue. Je ne l'ai pas vraiment cherchée ; j'avais ma dose d'émotion pour cette fois, un gramme de plus et je m'évanouissais.

Dans la voiture j'ai demandé le prénom de la petite fille avec le chapeau en cornet. Gary n'a d'abord pas vu de qui je parlais, il ne joue pas avec les filles. Ce n'est qu'à la sortie du bain, deux heures plus tard allez comprendre, qu'il s'est souvenu que c'était la sœur d'un copain de Léo. Nom de famille inconnu, la société des enfants se passe de patronyme. Pourtant c'était bien l'enjeu.

Après un dîner sans appétit j'ai appelé la maman de Léo, pour m'enquérir du rangement de la maison après l'ouragan, et dire que Gary aimerait beaucoup revoir le frère de la petite déguisée en fée, savait-elle où ils habitaient ? Elle n'a pu m'indiquer que leur école, un ensemble maternelle-primaire près de la place Grenette.

Le lundi, j'ai prétexté une grosse migraine pour quitter plus tôt le secrétariat de la mairie. Ce n'était qu'une demi-feinte, cette histoire m'avait vrillé le cerveau tout le dimanche.

Auparavant j'avais appelé ma mère pour qu'elle ramène Gary de l'école. Moi j'allais voir l'autre, j'allais voir ma petite fée.

Je me suis garée à dix mètres, face à une grille dont un homme en bleu de travail est venu ouvrir un battant. Peu après, une sonnerie pleine de réminiscences s'est élevée des murs d'enceinte. Sans chercher je l'ai distinguée dans le groupe qui se bousculait à la sortie, le sac de classe porté contre son ventre parce qu'une lanière avait cassé, il faudra réparer ça.

À l'anniversaire le chapeau m'avait dérobé ses cheveux, d'une blondeur tendant au roux semblable à celle de son père.

Mes mains serraient le volant, debout je serais tombée. Dans le séisme mental du week-end il y avait aussi eu la place pour l'espoir que ce ne soit pas elle, que les jours continuent à s'écouler, tranquillement dépressifs, mais là c'est la joie qui dominait, gonflée de haine.

Elle est montée dans un 4 × 4 gris métal que j'ai suivi dans le dédale des rues du centre-ville, complexifié par des travaux de tramway. Avec mes lunettes de soleil je me faisais l'effet d'un détective de parodie. Je les ai enlevées. Parce que c'était risible et parce qu'après tout je n'avais pas à me cacher. J'avais la vérité avec moi, compagne qui vous rend invulnérable. La larve que j'étais depuis sept ans s'animait. En reprenant vie mon enfant me faisait renaître.

Garée devant un portail blanc, une femme en robe légère s'est extraite de l'habitacle. La quarantaine comme moi, une certaine fébrilité dans les gestes, mais peut-être est-ce toujours l'effet que font les gens qu'on épie, par transfert de la clandestinité. Ma petite fée lui a donné la main pour remonter vers la maison. Déjà à la sortie de l'école elle l'avait embrassée par la vitre baissée. Vu d'ici tout cela sonnait si faux.

Je suis restée quatre heures à scruter les fenêtres à moitié aveuglées par un voilage transparent. Une pièce s'éclairait ici, une autre s'éteignait là, le ballet de lumières d'une famille avant le coucher, avec l'homme rentré vers 21 heures qui après son dîner devant une chaîne info presse le dernier interrupteur pour déclarer l'extinction des feux, j'aurais tant aimé.

Une pancarte À vendre couronnait un des piliers encadrant le portail. Le lendemain j'ai appelé le fixe indiqué pour caler un horaire de visite. Au téléphone la joviale disponibilité de la maîtresse de maison, invitant d'emblée à l'appeler Marina, m'a agacée. Et puis en chair aussi, tellement fière de me faire découvrir la décoration avisée des dix pièces de sa grande demeure payée par le mari chirurgien. Dans mon esprit mon grief majeur et légitime se ramifiait en des dizaines d'autres, tous déplacés. J'en étais consciente.

De toute façon je n'écoutais pas, chaque changement de pièce pouvait la faire apparaître, jouant par terre ou allongée pour lire. Elle était quelque part sous ce toit maudit c'était sûr, j'avais à dessein calé la visite un samedi, l'amour est fin stratège, et la rage aussi quoi qu'on dise.

Entre deux pièces, une petite ombre furtive sur le mur m'a fait sursauter. C'était celle de son frère, lacérant l'air avec une épée clignotante. Je me suis étonnée qu'il ne joue pas avec sa petite sœur. Il a dit que c'était une bouffonne, ce qui a déclenché le rire de sa mère et pas le mien. Ma petite fée n'est pas une bouffonne.

Des photos de danseuses étoiles tapissaient un mur entier de sa chambre. Effectivement j'avais prévu de l'inscrire à des cours de piano et de danse classique. Ses progrès avaient été rapides, elle était le personnage principal du petit ballet de fin d'année donné le week-end suivant. Marina jubilait en me l'annonçant, pour un peu elle se serait attribué la responsabilité de cette réussite.

Nous sommes redescendues au salon et je l'ai vue. Elle sortait de la piscine gonflable et son maillot rose créait l'illusion qu'elle était nue comme au premier jour, elle ne m'en était que plus familière. Invitée à me saluer par Marina, elle a tendu la main pour que je la serre, j'en aurais pleuré. J'ai mis toute la tendresse du monde dans mes doigts et je lui ai demandé son âge en bégayant.

Sept ans et demi.

Je ne le demandais pas pour savoir. Je savais.

Marina l'appelait Lola. La même initiale que son prénom. Si c'était voulu ce n'était pas très malin, tant qu'à voler un enfant autant lui offrir un destin radicalement différent de celui auquel le vouait sa naissance, le vouaient ses gènes, les miens.

Les cheveux de son père et mes yeux.

Le chef de famille s'est signalé par un bonjour avenant lancé depuis le garage en contrebas. Il a demandé si la maison me plaisait, j'ai dit que oui bien sûr comment ne pas, je la craignais juste trop grande pour deux personnes. Il a suggéré que je revienne avec mon mari, nous pourrions mieux peser le pour et le contre, ça se délibère ce genre de décision.

Mon fils, ai-je corrigé. Je vis avec mon fils.

Sa vivacité mondaine a anticipé le silence embarrassé qui s'annonçait. Eh bien revenez avec lui, a-t-il dit, un enfant a son mot à dire là-dedans bon Dieu, quel âge il a ?

J'ai dit : deux ans de plus que Lucie.

Marina a dit : Lola.

J'ai dit : ah oui pardon.

Dans la voiture j'ai cogné mon front contre le pare-brise pour me punir. Qu'est-ce qui avait pris à ma bouche ? Ils changent les prénoms, ils falsifient une identité, ils devraient s'agenouiller pour implorer ma clémence et c'est moi qui demande pardon. On marche sur la tête. Je vais remettre la vie sur ses pieds.

Je suis passée voir Richard au magasin. Voyant ma mine ravagée il a expédié la vente d'un iPad et m'a rejointe sur le trottoir. J'ai dit que j'avais retrouvé Lucie. Il a fait oh non c'est pas vrai ça recommence. J'ai dit oui ça recommence.

Il a machinalement regardé un bus disparaître au bout de l'avenue du Maréchal-Randon, puis il a allumé une cigarette et demandé si j'avais encore arrêté les anti-dépresseurs. J'ai hoché la tête. Ni les antidépresseurs ni le yoga, ça n'avait rien à voir, j'avais juste retrouvé notre fille, je le savais je le sentais, ce sont des choses qui se sentent, tu ne peux pas comprendre, les hommes ne peuvent pas comprendre, si tu la voyais tu ne la reconnaîtrais pas, tu ne l'as pas portée.

Il m'a poussée dans une ruelle comme on cache une folle à une foule d'honnêtes gens. Il a dit qu'il fallait arrêter avec ce délire, que ça perturberait Gary à force. J'ai dit que le retour de sa petite sœur ne le perturberait pas du tout.

C'est son absence qui le perturbe.

Son enlèvement.

Ils l'ont enlevée à la clinique. Des riches du quartier Gandillot, ils ont aussi un garçon qui a peut-être été volé tout pareil, peut-être qu'elle est stérile, ou lui, les gens stériles sont prêts à tout, si tu ouvrais les yeux tu le saurais, moi j'ai les yeux grands ouverts je vois tout je sens tout. Richard m'a pris la tête entre ses mains pour me forcer à le fixer, comme dans les films : Lucie est morte dans un incendie quatre jours après sa naissance, Christine, c'est une folie de ne pas l'admettre, tu ne feras jamais le deuil si tu nies les faits.

Au contraire de lui je n'avais pas été contaminée par le lexique de la psy qui nous avait suivis entre la disparition de Lucie et le divorce. Faire le deuil d'une vivante ça s'appelle un crime. Une mort on en guérit – ou pas. Un crime on le répare.

Richard a proposé de prendre Gary le temps que je me remette de ce qu'il appelait une rechute. J'ai dit qu'il négligeait d'arracher sa fille à ses ravisseurs et préférait s'inquiéter de la santé mentale de Gary qui n'a jamais été retiré à ses parents. Il a crié qu'il n'avait pas de fille. Que sa fille était en cendres. Il a répété en cendres, en ponctuant d'un t'as compris ? comme les mauvais acteurs. Depuis sept ans – et demi, aurait dit ma petite fée – nous étions les protagonistes d'un drame mal scénarisé, dont j'allais bientôt nous sortir, une volonté pour deux et tout redeviendrait logique, on vivrait à nouveau dans un monde à l'endroit, un monde où les enfants habitent avec ceux qui les ont désirés et conçus.

J'ai laissé Richard abattu sur un sommier destiné aux éboueurs.

Le samedi suivant, j'étais la première à acheter ma place. En quelques minutes le hall de la maison de la culture s'est peuplé de jeunes couples aux vêtements printaniers, parfois accompagnés d'enfants. Ils se saluaient, s'adressaient des formules d'usage, échangeaient des anecdotes de parents. Certains évoquaient une institutrice incompétente, d'autres comparaient leurs méthodes pour décoller leur progéniture de la console, d'autres encore évoquaient l'exposition à la radioactivité des habitants de Fukushima. À travers les portes vitrées j'ai aperçu les kidnappeurs. Monsieur, madame, leur fils.

À une hôtesse je me suis présentée comme la maman d'une des petites pour qu'elle me laisse accéder aux coulisses. On ment bien quand on ne ment pas. Au bout d'un escalier tortueux j'ai pris le sillage d'une ballerine qui m'a menée dans une salle scintillante de petits anges en tutu rose, quelques-uns flanqués d'une mère pour leur bander les chevilles ou les maquiller. Avant que j'arrive Lucie était seule, c'est logique.

Ça s'est fait naturellement. Elle a répondu à mon bonjour et laissé ma main seconder la sienne pour accrocher sa barrette. Les enfants ont confiance en leur maman, ils savent qu'elle veut leur bien. Je lui ai dit qu'à son âge j'avais dansé moi aussi. Toutefois je ne souhaitais pas vivre par procuration une carrière à laquelle je n'avais pu accéder, les parents ne doivent pas projeter leurs frustrations sur leurs enfants, Lucie pratique la danse parce qu'elle le veut, pas pour moi, c'est important, hein Lucie c'est important ? Nous nous sommes souri dans le miroir, sans la quitter des yeux j'ai posé mes lèvres sur sa joue, assez longuement pour humer sa divine odeur, et l'arrière-plan du reflet s'est coloré de jaune, celui de la robe de Marina. Pour jouir de son trouble je lui ai laissé l'initiative d'enchaîner. Comme elle s'étonnait de ma présence avec un sourire faux, j'ai ravalé le facile mensonge que j'aurais pu fournir, une famille amie concernée par le spectacle ou que sais-je. Je voulais qu'elle comprenne, qu'elle se doute, qu'elle me craigne. Que le malaise d'être en vie change de camp.

J'ai dit que j'étais là pour la petite. C'est la petite que je suis venue aider à se préparer pour ce spectacle, voilà la raison de ma présence Marina il n'y en a pas d'autre.

Un pressentiment a crispé son sourire qu'une soudaine certitude a éteint. Elle a préféré se détourner d'un affrontement fatal pour elle en s'informant de l'avancée de mes réflexions sur la maison, en renouvelant l'invitation à la visiter avec Gary, en rappelant qu'ils s'étaient donné le mois de juin pour signer l'accord de vente, etc., tout sauf l'essentiel et cette esquive signait son crime d'il y a sept ans – et demi aurait précisé ma petite fée.

Aussi sèchement que possible j'ai dit que je n'avais visité cette maison que pour entrer en relation avec elles, avec vous deux, Marina et Lucie.

Pour toute réponse elle a demandé à ma fille de se dépêcher. La guidant vers le plateau elle s'est retournée pour me lancer un regard d'une noirceur qui m'aurait tuée si je n'étais déjà morte.

Morte et en voie de résurrection.

Le soir je me suis garée bien en évidence devant la maison, tous phares allumés, et j'ai attendu. La chambre de Lucie était éclairée, je l'imaginais allongée yeux au plafond, attendant que je vienne la libérer. Je savais que Marina sortirait. Sans l'avoir fixé nous avions un rendez-vous. Je ne bougeais pas. Les choses se passeraient naturellement.

Au bout d'un quart d'heure, une silhouette déterminée s'est campée dans les phares. Nous nous sommes adressé un regard qui n'était pas de défi mais d'empathie, un regard qui nous affranchissait des codes en vigueur, nous unissait comme s'unissent à l'extrême fin deux personnages tragiques qu'un décret de la Fortune oppose, ta vie signifie ma mort et réciproquement, pas de compromis possible, juste une étreinte avant que l'un sombre par la faute involontaire de l'autre.

Elle est montée derrière et a raconté ce que j'avais toujours autant redouté qu'espéré. Toute une aile de la clinique Saint-Pierre qui prend feu, la confusion paniquée du deuxième étage, son bébé mort, le mien là, miraculé, tendant les bras pour qu'on le sauve, et elle répond à l'appel, elle le prend, l'emporte, le fait sien, l'adopte, en oublie l'autre le mort, finit par oublier son mensonge, de bonne foi, de bonne foi je vous supplie de me croire Christine.

Je la croyais, mais si un mensonge a la force du vrai, que dire de la vérité elle-même ? Si Lucie est votre fille elle est encore plus la mienne et je vais la ramener dans sa vraie maison Marina.

Naturellement elle s'est effondrée. Le front contre le siège avant et répétant c'est pas possible c'est pas possible.

J'ai dit : c'est monstrueux et juste.

Nous pleurions.

Et moi : nous sommes toutes les deux monstrueuses et justes.

Et elle : comment je vais lui dire ? comment je vais dire tout ça à Lola ?

À cet instant elle ne savait plus comment vivre. J'avais une certaine expérience de cette sensation, j'ai posé ma main sur la sienne et j'ai dit que j'expliquerais tout moi-même à Lucie.

Le lendemain je suis passée la prendre pour l'emmener sur les berges. J'espérais que le cours placide de l'Isère me détendrait, m'inspirerait les tournures adéquates.

Au bout d'un kilomètre de conduite et cent mètres de marche, aucun mot n'était sorti, les conduits verbaux étaient engorgés au niveau de l'estomac. Pour le coup c'est moi qui avais l'air d'une kidnappeuse. Lucie se laissait porter par les événements, quelle légèreté l'enfance, et quel labeur d'avoir à informer une petite fille qu'on est sa mère.

Un rayon de lumière a réussi à passer outre la montagne qui ombrageait la rivière. Je l'ai pris de plein fouet en espérant qu'il y ait des molécules de courage dedans et qu'elles me pénètrent.

Fouettée par le soleil je me suis lancée.

J'ai tout raconté.

Tout raconté et ajouté que je n'avais jamais cessé de l'appeler mon enfant, et qu'à son tour elle pouvait m'appeler maman, qu'il faudrait dire au revoir à Marina et la remercier de s'être occupée d'elle pendant ses sept ans de séparation que quelques mois dans sa vraie maison suffiront à faire oublier comme on oublie une grippe. Que Gary serait comblé de retrouver sa petite sœur. Que nous avions la vie pour être heureux tous les trois, tous les quatre avec son père qui avait tant désiré une petite fille et renaîtrait auprès d'elle. Tu passeras le week-end chez lui, tu verras c'est quelqu'un de gentil, il sait réparer les ordinateurs et les télés, il t'emmènera skier tous les week-ends, tu feras bien attention à ne pas te casser une jambe pour la danse.

J'ai laissé le silence la tranquilliser après le passage de cette tempête de révélations.

Quelques dizaines de secondes.

Quelques minutes.

Elle ne disait rien.

Une grand-mère nous a doublées sur la promenade et s'est retournée sur ces deux femmes, l'une adulte l'autre enfant mais pareillement figées dans l'ignorance de quoi faire maintenant que tout était dit.

Un canard flirtait avec le bord. Lucie aurait aimé lui jeter des miettes, je l'ai senti, ce sont des choses que je sens. Je n'avais pas pensé au pain, j'aurais dû penser au pain, c'était mon erreur. Je contenais mon envie fiévreuse de l'étreindre, je voulais que ce soit elle qui le fasse, que cela vienne d'elle naturellement.

Ce n'est pas venu.

Quinze minutes supplémentaires de silence n'ont pas fait que cela vienne. Il y avait ce canard, nonchalant, hésitant entre l'eau et l'air. Maintenant je l'aurais bien étranglé, plumé, cuit vivant. Il n'y aurait jamais de fin à la colère.

J'ai proposé qu'on revienne à la voiture, un changement de lieu nous décoincerait, c'était mon idée.

Elle était à peu près juste.

À peu près.

Une fois assise sur le siège passager trop haut pour elle, elle a effectivement décousu ses lèvres. Elle a dit : je ne me souviens pas de toi.

L'espace d'une seconde je me suis fait croire que je n'avais pas entendu. Je ne me suis pas crue. J'avais entendu, et ce qui était dit l'était pour l'éternité.

En tombant le soleil éteignait les reflets de l'Isère. J'ai arraché le poignard que ces mots venaient d'enfoncer dans mon cœur et j'ai dit : mais c'est normal que tu ne te souviennes pas, tu étais un tout petit bébé, tu étais mon petit bébé.

Elle a dit : ramène-moi chez maman.

Ce que j'ai fait.

Première, seconde, troisième. Un geste après l'autre pour ne pas crier devant ma fille. Baisser la clim pour ne pas qu'elle s'enrhume. Prendre la direction du centre-ville, chez maman n'était pas chez moi.

Il y avait un soupçon de bien-être dans ma peine. En même temps que l'espoir fou s'envole une part de l'anxiété. Je l'ai déposée devant le portail, morte une seconde fois pour qu'elle vive, jamais autant mère qu'en renonçant à l'être.

Elle a dit au revoir madame, en petite fille bien éduquée. J'ai dit au revoir Lucie. Au revoir Lola.

En rentrant j'ai trouvé Gary devant un match de basket américain. Il avait faim, pas moi, j'ai décongelé une pizza et j'en ai extrait les champignons car il n'aime pas ça.

Au début une région du Nigeria tout juste indépendant a fait sécession, et la guerre à cinq bandes qui s'en est suivie a provoqué une famine ravageuse. Dans les postes de télé occidentaux s'est invité l'arrondi paradoxal du ventre des enfants du Biafra, bientôt remplacés par les orphelins du Bangladesh dévasté par un cyclone. Plusieurs associations humanitaires ont fusionné pour contenir cet assaut de tragédies. Cela a donné, entre autres, Médecins sans frontières, que Joseph Guiguet a rejoint à vingt-huit ans sous la tutelle d'un copain de fac recroisé dans un colloque de chirurgiens. À défaut de changer la vie comme il en avait vaguement eu le projet pendant ses années Quartier latin, il contribuerait à la préserver. Les faits ultérieurs laissent aussi penser qu'il entrevoyait là un moyen de s'aérer de son couple.

Marie-Noëlle Perdron, vingt-sept ans et dentiste en hôpital, n'était pas dupe de la façon dont son compagnon meublait les longues soirées sous les tentes géantes plantées au milieu des désastres. Des amis qui lui voulaient du bien lui avaient même rapporté les dithyrambes de Joseph quant à l'inventivité sexuelle d'une certaine Élisa, stomatologue de Marseille atterrie au Pakistan peu après lui. Elle le savait queutard incurable et s'en accommodait, convaincue qu'il ne restait qu'à ce prix. Une longue tradition féminine de sacrifice pragmatique.

Cinq ans comme ça, et puis voyant que cet équilibre déjà vacillant devenait carrément bancal, voyant que les séjours parisiens de Joseph s'écourtaient en escales entre deux périples humanitaires, elle s'est arrangée pour faire fructifier une des nuits mensuelles que lui consacrait le grand nomade.

Elle s'est évanouie trois semaines après en pleine réunion d'une association féministe du XVIe arrondissement. Enceinte, Marie-Noëlle ne vomit pas, elle s'évanouit. Un certain goût pour le théâtre qui est la variante rigolote de son masochisme.

À son retour d'Éthiopie, la famine du moment, Joseph a déploré puis accepté le fait accompli. Comme le mariage faisait partie du lot – beaux-parents cathos et cardiaques à ménager – il a aussi dit OK pour l'église mais pour la fidélité je ne te promets rien. Les vingt années qui ont suivi l'ont vu assez bien tenir sa non-promesse.

La paternité sédentariserait Joseph, c'était le calcul de Marie-Noëlle. J'ai été mise au monde avec la mission d'assigner mon père à résidence.

De fait il a passé l'été de l'accouchement à Paris. Puis est reparti. Puis revenu. Puis reparti. J'ai toujours connu ces allers-retours au gré des catastrophes et des coups de foudre avec une infirmière.

Contre cyclones et orages je me suis acquittée de ma tâche innée. J'ai tiré la langue sur des dessins pour qu'il les admire, ramené une scoliose de la danse parce qu'il m'aimait en tutu, appris par cœur les romans jeunesse qu'il m'offrait, bossé à l'école pour qu'il sourie en lisant mes bulletins, fait allemand première langue, option latin, atelier grec, terminale S, Sciences Po et le CFJ pour qu'il revienne plus souvent, reste plus longtemps, ne reparte jamais, et puis j'ai fait un enfant.

À l'époque Youssef découchait une nuit par semaine et je m'arrangeais pour ne pas voir ce que je savais, et réciproquement. Les copines du journal me disaient : jette-le il te roule dans la farine. Je me bouchais les oreilles mais dans des cauchemars je me voyais enfarinée, concrètement, le mot avait pénétré mes bas-fonds et s'y promenait à l'état littéral.

J'ai eu vent d'une certaine Pauline, graphiste de sa boîte que des amis qui me voulaient du bien avaient aperçue à son bras dans une rue adjacente des Champs-Élysées. Petite pute, je me disais.

Une Anna avait visiblement beaucoup compté pour mon père autour de sa période Kosovo. Pendant que, pour l'agréer, j'avalais des théorèmes de Thalès et des superficies du lac Baïkal, elle lui avait demandé un enfant, et devant son refus était partie le faire avec un cancérologue de Toulouse. Nous rejoignant à La Plagne pour une semaine, mon père n'avait pas bougé du bar au pied des pistes, noyant son chagrin dans le vin chaud et s'agaçant de mes paroles de consolation.

Personne ne croira à la pure malchance d'être tombée amoureuse d'un mec au moins aussi performant en infidélité que mon géniteur. Je n'insulterai pas ma lucidité en niant qu'il y a là davantage qu'une coïncidence et voilà d'où on part putain. Marionnettes. Petites choses. Petites choses au début, et à la fin s'est-on grandi ?

Un enfant pour retenir un père et un mari, je tentais le coup double sans vraiment désirer sa réussite. Un type qui reste fidèle pour un enfant j'exècre sa fidélité. Et pourtant j'ai soumis l'idée à Youssef, et il a dit why not, et je n'ai pas cherché à le mettre devant ses contradictions, il n'y a pas de contradiction, on peut féconder une femme qu'on trompe cela s'est vu et se verra, c'est la dinguerie des hommes et j'aurais été bien ingrate d'incriminer cette dinguerie à quoi pour une part tenait mon amour.

Au bout de six mois sans contraception rien ne s'était passé. J'en étais soulagée et abattue. Moins soulagée qu'abattue. Youssef avait raison d'aller fourrer sa bite ailleurs, mon père avait eu raison de ne pas exulter à ma naissance : le truc banalissime j'en étais aussi incapable que de jouer d'un instrument, ou de m'imposer au sein de la rédaction, ou d'atteindre un bon niveau en claquettes, une vraie nulle, et puis ça a marché.

Prise de sang à onze heures, confirmation à midi.

Je déjeunais dans la foulée à la cantine d'entreprise de Youssef à qui j'avais caché le rendez-vous du matin. À la vue du sparadrap au creux de mon coude, il a demandé si j'avais une tuile. J'ai dit oui j'ai un enfant.

Il a dit qu'on l'appellerait Tuile, avant d'éclater d'un rire énorme qui s'est arrêté net.

Et Tuilette si c'est une fille.

Quatre-vingts jours plus tard, il a aussi ri en remballant son kebab frites dans le couloir d'attente de l'échographie à la demande d'une employée de ménage indignée. En Youssef ce sont souvent les nerfs qui rigolent.

Le visage du docteur semblait avoir été ravagé par l'explosion d'une bombe aérosol. Un orifice à la place du nez, les oreilles plus bas que nature, pas de lèvres, Youssef a contenu son mouvement de recul en contenant le mien. David Grossman, frappé par une maladie de naissance, faisait profession de détecter les anomalies sur les embryons. Sans commentaire.

Les yeux fixés sur l'écran de contrôle, je le mitraillais de questions. Et ses yeux, ils sont bien ses yeux ? Et ses oreilles ? À la sortie Youssef a fait remarquer que j'aurais pu épargner à ce pauvre handicapé mon refrain et la tête alouette. J'allais en convenir mais ce sont d'autres mots qui sont sortis, venus de je ne sais où, usinés par je ne sais quelle machine verbale. J'ai dit que désolée mais là pour la première fois en vingt-cinq ans je m'autorise à penser un peu à ma gueule.

J'étais mûre pour l'annoncer à mon père, de passage à Paris entre deux sessions à Kaboul. Incrustant mon regard dans le sien : tu vois j'en suis capable, je peux prendre une initiative sans ton feu vert et peut-être même la mener à bien. Je l'ai senti heureux, j'en ai été presque blessée, j'aurais aimé qu'il s'en trouve, comment dire, contrarié. D'autant plus blessée quand j'ai compris que, par un tour d'esprit étrange et logique, ma grossesse légitimait qu'il passe du temps avec son Anna qui, selon les informations d'une amie qui voulait du bien à ma mère, l'avait recontacté juste après son divorce d'avec le cancérologue.

Forte de mon égoïsme tout frais j'ai décidé de rester aveugle à ce manège éculé.

La crise mondiale a choisi ce moment pour faire comprendre à Youssef qu'elle ne procédait pas de l'hallucination collective comme il le prétendait depuis l'affaire des subprimes. La boîte a coupé sombrement dans le personnel, et un vieux contentieux avec son DAF l'a jeté dans la première charrette. Le printemps 2009 a vu sa consommation de bières croître à proportion inverse de son moral. Il ne croyait plus en lui, élevait ses déconvenues personnelles au rang de conflit géopolitique, tenait des propos de fin du monde. Un jour, à la sortie du Bébé Confort de la place des Ternes : ce petit aura pas de père c'est dommage.

Forte de mon intérêt bien compris j'ai fait la sourde.

Sourde et aveugle, mes deux atouts.

Il rentrait souvent au milieu de la nuit avec deux grammes cinq dans le sang. Au sixième mois des flics l'ont tiré d'un lac où son vélo avait plongé tête la première. Le presque noyé a raconté qu'il avait mal visé le pont. Ce sont des choses qui arrivent.

Pendant la grossesse on interdit de boire aux mères et pas aux pères car selon des études poussées l'ivresse permanente des seconds n'entraîne aucune malformation du fœtus.

Je m'épargnais résolument les spéculations quant à ses éventuelles nuits passées avec la petite pute. C'est l'avantage de l'égoïsme, sa puissance : vous ne pensez qu'à ce qui vous regarde ici et maintenant, rien de ce qui excède votre périmètre de manœuvre ne vous affecte. Vous êtes hors d'atteinte. Inaccessible à la mesquinerie ordinaire.

Le futur père avait peur de le devenir. Un an après la naissance, François m'a raconté que, croisé par hasard place de la Madeleine, Youssef lui avait confié commencer des démarches pour obtenir une extradition en Nouvelle-Zélande, n'importe quelle terre du moment qu'elle soit bien éloignée du beau merdier de la responsabilité.

Une blague bien sûr.

Une blague d'alcoolique plus ou moins dépressif. Je sortais la tête de l'eau, il plongeait. L'un entraînant peut-être l'autre, là-dessus je ne m'avancerai pas.

Et puis la fébrilité croissante à l'approche de l'échéance lui a insufflé un nouveau courage. Ces sentiments-là se touchent, s'attisent.

Le dernier mois il a passé ô surprise l'essentiel de ses nuits dans notre lit. Il n'allait pas jusqu'à solliciter du sexe, faut pas m'en demander trop avait-il dit dès le deuxième mois en expliquant que le triolisme non merci. Mais attentif comme jamais. Aux petits soins, comme dit la chanson de Renaud qu'il fredonnait avec un accent arabe, en découvrant les joies du repassage. Il était la femme du foyer, j'étais l'homme de la situation. Chacun se découvrait une compétence exotique : lui la stabilité, moi la confiance.

L'avant-veille du terme je suis quand même revenue à mon port affectif. Arrachée du lit par la panique. Soudain persuadée que Youssef profiterait de la période post-partum pour me quitter, et que sa sollicitude inédite tenait du baroud d'honneur – méfie-toi du bonheur m'avait dit mon père entre deux vols long-courriers, il couve toujours son contraire. J'ai couru fondre en larmes devant le médecin, et comme j'avais honte de mon angoisse j'en ai évoqué une autre, dérisoire, secondaire, un leurre d'angoisse : je n'aimais pas l'idée que le petit naisse le 14 juillet comme c'était prévu. Quand Youssef avait promis qu'on en ferait un beau soldat déchiqueté par une mine en Afghanistan, le rire m'avait un peu réconciliée avec cette date, mais sans dissiper l'envie, débile, que sa fête annuelle n'appartienne qu'à lui, et tant pis si dans tous les cas de figure il devrait partager cette exclusivité avec 1/365e de l'humanité. Je me foutais de l'humanité. L'humanité n'existe pas, on nous ment. Le médecin a proposé qu'on lance une pétition Internet pour que la fête nationale soit déplacée, par exemple au 12 juillet, pour célébrer la victoire des Bleus en coupe du monde. Décidément j'étais cernée par les petits rigolos. Voyant que je ne me détendais pas, il a émis la proposition un poil plus raisonnable qu'on me déclenche la veille du terme. Lui ça l'arrangeait, il libérait son jour férié. Mais moi je n'étais pas très encline à l'artifice, s'il y a une situation où on tâche de ne pas trop déconner avec la nature c'est bien celle-là.

Je me suis accordé une minute de réflexion. Nouveau, ça aussi : je m'accordais des temps de réflexion. Je me donnais à moi-même l'accord pour, de moi à moi, examiner une question.

Entre un anniversaire parasité par la fête nationale et l'artifice du déclenchement, j'ai choisi la seconde contrariété.

Sauf que le 13 en début d'après-midi j'ai perdu les eaux.

Enfin je n'ai pas immédiatement compris que c'était perdre les eaux qui m'arrivait. Depuis le début j'avais tout découvert en impro. Même sur l'ovulation je m'étais mise à jour en surfant sur www.devenirmaman.fr. Et puis l'utérus. Qu'est-ce que j'avais su de l'utérus pendant vingt-sept ans ?

À la maternité la sage-femme a confirmé que c'était pour aujourd'hui, sans déclenchement aucun, sans les mains quoi. Le petit ne voulait pas du 14 juillet non plus. Un pacifiste. Ou un royaliste. Ou un allergique aux fanfares comme sa mère.

J'ai appelé Youssef à son nouveau boulot à Levallois. Il a demandé quand il devait se pointer exactement, parce qu'il ne se sentait pas de poireauter en m'écoutant gémir comme une chamelle (sic). Chez lui la rudesse est l'indicateur sûr d'une poussée de tendresse. Je lui ai dit de venir tout de suite, d'une voix si calme qu'il a compris à quel point je flippais. La régularité des contractions me rendait dingue. Voir venir la douleur c'est le pire, comme une exécution capitale est le pire des assassinats, enfin je le suppose, ayant rarement expérimenté la chose.

Je me jurais que plus jamais ça, et c'est une femme aujourd'hui à nouveau enceinte qui le raconte. On oublie vite et c'est fait pour. On oublie la merde sous soi et le sang partout. On oublie l'incompréhension anxieuse devant le nombre d'allées et venues dans la chambre. Cette naissance devenait une affaire d'état. Très clairement la perspective d'un accouchement de nuit les emmerdait, des questions de personnel j'imagine. L'anesthésiste m'a dit qu'il fallait désirer que ce petit sorte pour que ça se passe bien. Le désirer fort et laisser venir. J'ai couiné oui oui d'accord je pige et demandé qu'il me remette le masque à oxygène.

Je m'étais promis qu'au plus fort de la douleur je songerais à cette boulangère d'un sujet de JT qui avait ramassé sur le bitume son fils broyé par un camping-car. Mais rien à faire l'humanité n'existe pas, ni l'Histoire, rien passé avant, c'est la première naissance au monde, c'est la naissance du monde – et ça fait mal.

On me montait dans la salle d'accouchement quand Youssef est arrivé en costard-cravate de cadre supérieur. Je l'ai entendu encourager la sage-femme à finir avant 20 heures, il avait un apéro. J'ai répondu que j'en faisais une affaire personnelle. Il a grimacé à l'américaine pour dire I trust you, et comme présentement il n'y avait plus de second degré qui tienne, j'ai de nouveau cru en nous, en lui, j'ai su qu'il ne partirait plus et j'ai laissé venir mon petit.

Je ne l'ai pas reconnu. Je lui avais imaginé une peau mate comme son père, il l'avait grise. À qui donc appartenait cette chose vagissante et gluante, griffée au visage et tordue de douleur par des coliques ?

Il fallait malgré tout que je lui sourie, on m'observait. Et Youssef ne faisait rien pour qu'il y ait au moins un parent dans la pièce. Ses premiers mots avaient été : mon Dieu qu'il est laid. Puis, pendant une heure, comme un refrain : mon Dieu qu'il est laid.

Tous les prétextes lui ont été bons pour éviter de prendre son fils dans ses bras. Il a dû envoyer des textos au monde entier, ennemis jurés compris. Et toujours : qu'il est laid mais qu'il est laid. Pour un peu la sage-femme et ses assistantes appelaient les gens de la DDASS, qu'ils viennent arracher cet enfant aux griffes d'un père moins mature que lui.

Moi je jouais à la maman.

Plus tard, une infirmière m'a fait remarquer qu'il avait faim. J'ai dit : qui donc ? et en le disant j'ai compris qu'elle parlait de mon fils, et que c'était à moi de le nourrir, en l'allaitant par exemple. Ce que j'ai fait avec résolution. On progressait. Le soir j'ai demandé qu'il reste dans la chambre, je ne sortirai pas de cette nuit sans établir le contact avec cette créature venue de l'espace.

J'avais vu la sage-femme l'asseoir et lui dire, droit dans les yeux : il n'y a aucune raison de pleurer Mario. Il s'était arrêté direct. Une marionnette qu'on cesse d'agiter. Alors j'ai fait pareil, je l'ai regardé dans les yeux, et j'ai dit : il n'y a aucune raison qu'on ne s'aime pas Mario.

Il a semblé d'accord.

Depuis cette minute ni l'un ni l'autre n'avons trouvé une raison crédible de ne pas nous aimer.

Le lendemain soir Youssef a ramené un copain avec qui il filerait dans la foulée au bal des pompiers du Trocadéro, une valeur sûre pour la drague a dit le copain, chut c'est ma femme a dit mon mari. Et de brandir son fils pour prendre à témoin les potes : hein qu'il est laid ? Sa fierté s'affichait en se masquant. En repartant ils ont croisé mon père qui passait pour la troisième fois de la journée. Une amie lui avait conseillé de bien me regarder parce que bientôt je ne serai plus du tout la même. Je soupçonnais son Anna d'être cette amie, ce qui ne l'empêchait pas d'avoir vu juste. Je me sentais modifiée, et a fortiori en présence de mon père. Posé sur le petit son regard ne pesait plus sur moi, et son ton avait changé ; de supérieur hiérarchique il était devenu collègue. On causait.

À la mairie du VIIIe, Youssef a failli se battre pour imposer Tuile comme deuxième prénom. Si vous refusez, j'alerte la presse, criait-il, et je vous préviens ma femme est journaliste donc je vous préviens. Ça tombait mal, je venais de démissionner pour m'offrir du temps avec Mario Tuile Fabrice Rouibi, trois kilos sept à la naissance et quatre kilos six une semaine plus tard. De toute façon je ne voulais plus bosser pour des blaireaux qui en trois ans avaient dû me confier deux sujets valables. Ils perdaient la meilleure reporter d'Europe, tant pis pour eux. La maternité me donnait une jouissive indifférence à ce qui l'an passé m'aurait jetée sur le Prozac. Tout glissait puisque l'essentiel était ailleurs. Dans une couche à changer, un rot. Je découvrais la béatitude de vouer sa concentration à une petite boule de vie incapable d'autonomie.

Je n'ai pas omis de noter que, la moitié du temps, s'occuper d'un bébé revient à tripoter ses parties génitales, celles-là même que l'ingrat dérobera à votre vue dix ans plus tard. Cette promiscuité sexuelle expliquait peut-être mon peu d'impatience de reprendre les festivités de ce genre avec son père, qui me le rendait bien.

On s'aimait, pourtant. Plus que jamais. On peut s'aimer et ne pas coucher, c'est une information. On peut trouver formidable de se faire servir un plateau de fromages au lit par un mari qui se défonce en huit pour soutenir l'effort de guerre parental, ou qui se fourre trois doigts dans le nez pour amuser le petit.

Après un mois on a dû se secouer de ce rêve pour rejoindre un mariage de potes en Bretagne. Au moment de quitter Mario pour la première fois depuis notre coup de foudre du 13 juillet au soir, j'ai retenu des larmes que ma mère aurait interprétées comme symptômes de mon appréhension de le lui confier deux jours. Assez fière de moi sur ce coup-là. Et plus du tout réticente à me la péter.

Sur le trajet retour je faisais moins la maligne. Après cette séparation, je craignais qu'il faille tout recommencer à zéro et ça n'a pas loupé. Il ne m'a pas reconnue. Le pire c'est que moi non plus. Je ne savais plus m'y prendre.

Deux étrangers à une blind date, et lui qui évitait mon regard pour me punir de l'avoir abandonné. Une déculottée je me suis prise.

On a mis une bonne journée pour reconnecter. Pour s'adopter à nouveau. Tous les enfants sont adoptés. Le même travail à refaire, tout le temps, jamais rien n'est acquis. À cette période, il y a eu le tremblement de terre d'Haïti, le palais présidentiel en miettes, une mer de gravats là où il y avait une ville, la polémique sur l'encombrement humanitaire – mon père a dit qu'en quarante ans on était passé de l'indifférence à un excès de compassion –, des appels aux dons malgré tout, des concerts de soutien organisés par des associations caribéennes, et des petits haïtiens que leurs mères incapables de nourrir vendaient à des couples occidentaux. Au CFJ, ma copine Betty disait toujours qu'elle n'accoucherait jamais dans un monde où un enfant crève de malnutrition toutes les deux minutes. On peut penser ça. Mais aussi que cernés par la mort il ne nous reste qu'à célébrer la vie, voire à la reproduire. Factuellement c'est ce que j'ai pensé.

Au début j'ai plutôt aimé la vie. Les chansons de la maternelle, brodées d'abeilles et de papillons. Les samedis d'hiver sur la plage nue et je courais après les mouettes. La balançoire du jardin et mes jambes étirées me propulsaient au-dessus de la barre transversale dans le doux ciel de Loire-Atlantique.

À partir de l'école primaire l'existence a pris du poids. Je suis devenue la cible préférée des manœuvres des garçons pour amuser les filles. Ils renversaient ma trousse, me tiraient les cheveux dans le rang, secouaient sous mon nez le chiffon du tableau gorgé de craie, m'invitaient à lécher un mollard craché à mes pieds. J'apprenais à ne pas broncher, ils n'en étaient que plus inventifs. Un jour Grégory Delermeau a rempli d'eau un mocassin qu'il m'avait chipé dans le vestiaire du gymnase. Il le maintenait plat à bout de bras, m'invitant à le reprendre d'une voix douce qui m'a convaincue d'approcher et soudain mon visage a été éclaboussé. Je me suis figée au milieu du terrain de handball, la tête rentrée dans les épaules. Le jet avait déclenché des rires et quelques exclamations discordantes. J'ai tardé à prendre le Kleenex que me tendait Stéphanie Lubin. C'était ma copine de CM1, nous nous serrions les coudes à l'écart du groupe dominé par Clothilde Lemercier, la belle de la classe.

Une fois mon voisin de derrière m'a chuchoté dans la nuque que j'étais moche parce que mes parents m'avaient faite vieux. À la récréation j'ai demandé à Stéphanie l'âge des siens. Trente-quatre et trente et un ans, sa réponse invalidait l'hypothèse. Ou alors cela signifiait que j'étais plus laide qu'elle. Le soir j'ai comparé nos visages sur une photo prise le jour de l'arbre de Noël de l'école. Mes grosses lunettes et ses rondeurs nous réunissaient dans la disgrâce, moi surnommée Quat'zyeux et elle Babar.

Le lendemain j'ai passé en revue les parents alignés devant la grille à la sortie de midi. Tous plus jeunes que les miens, assurément. Cruelle confirmation.

Il m'a fallu quelques années et une bonne dose d'audace pour demander à ma mère pourquoi j'étais venue si tard. En réponse elle m'a pressée de mettre le couvert avant que papa rentre de l'Amicale des retraités de l'armée. Après le dîner, cette femme qui ne s'autorisait jamais très longtemps une lâcheté est venue s'asseoir sur mon lit pour raconter, en prenant élan sur un soupir, que les missions à l'étranger de son sous-officier de mari avaient longtemps repoussé le moment d'y penser, en effet. Et quand il avait pris ses fonctions à la caserne de Vertou, ils avaient dû patienter encore parce que oui c'est vrai l'organisme d'une femme de quarante-deux ans fonctionne moins bien qu'à vingt.

Je ne l'ai crue qu'à moitié. Je me suis dit que sa bonté incurable l'avait portée à s'attribuer un retard qui venait de moi, de ma réticence à venir au monde, pressentant ce qu'il me réserverait.

Dans la loterie de l'adolescence j'ai tiré le ticket acné. Les boutons vous gâtent le visage, vous en devenez soucieuse et les soucis éclosent en boutons qui vous gâtent le visage. Prisonnière de cette boucle, j'ai renoncé à m'imposer la tâche immense de me signaler, par un mot écrit ou parlé, aux garçons successifs aimés en secret. En cinquième : Gilles Gaboriaud. En quatrième : Sylvain Legrand. En troisième : Jérôme Blanchet. Je m'inventais avec chacun des idylles dont le scénario empruntait aux romans que j'engloutissais les week-ends, ou à ce conte d'enfance dont la protagoniste se dérobait à la vue de son amant condamné à ne l'aimer qu'en esprit.

À quinze ans le renoncement à plaire m'a semblé la meilleure façon d'habiter cette vie qu'étonnamment je ne tenais pas à quitter. Constatant que mon prénom de vieille affectait d'un grain d'ironie toute tentative de rajeunissement, et que sur moi un vêtement à la mode accusait la ringardise de l'ensemble, je n'ai plus cherché d'excuses pour ne pas porter les robes laissées à ma mère par Florence ma cousine plus âgée, ni d'arguments pour briguer des lunettes à montures colorées comme il en fleurissait au milieu des années 80.

Ma désuétude a fait encore plus tache dans le tableau du prestigieux lycée Jules-Verne, situé en plein centre-ville nantais et intégré grâce à la recommandation du principal de mon collège de Vertou. Parmi les sweat-shirts de marque qui bariolaient la cour, un chemisier vous estampillait démodée.

Vous isolait.

J'ai pris l'habitude d'occuper seule une table du premier rang, sauf quand une punition y assignait un des agités du fond de la classe. Un raccourci catastrophiste m'aurait conduite à penser que c'était moi la punition, mais les brimades réelles suffisaient à ma peine, qu'assaisonnait un fiel silencieux déversé le soir dans un cahier 96 pages destiné à personne.

Après la Toussaint, la prof de physique-chimie a demandé qu'on se répartisse en binômes pour les expériences en éprouvette. Une fois scellées les alliances spontanées, il est resté deux électrons solitaires, comme découverts par la poussière dissipée d'après le passage d'un troupeau. Nicolas Gauthier et moi n'avions plus d'autre choix que de nous asseoir l'un à côté de l'autre devant la première vasque. Du fond est parti un putain Geneviève s'est trouvé un mec, suivi de ricanements et d'un Gauthier arrête de bander.

Nicolas devait sa solitude à une maladie de foie qui asséchait sa salive aux commissures et lui donnait une haleine pestilentielle. Collée contre lui pour les exercices communs, je dissimulais mon dégoût. Puisque de récurrentes boutades évoquaient mon odeur, je me comportais avec Nicolas comme j'aurais aimé qu'on se comporte avec moi, la compassion est une pitié de soi.

Je ne sentais pas mauvais, ma mère m'imposait une douche matin et soir, taraudée par le scrupule de propreté des gens grandis dans la misère. Ça et la peur de gâcher, d'où les vêtements de ma cousine.

Dans une journée je prononçais peu de mots. Interrogée par un prof, je murmurais ma réponse pour m'épargner les exclamations faussement admiratives ou les bruits évoquant l'acte de lécher, plus exactement de lécher le cul. Mais du coup je devais subir les soupirs et les quoi !? agressifs de ceux que ma réponse n'intéressait qu'au titre de l'occasion qu'elle leur offrait d'exercer leur vice.

Parfois leur voix s'adoucissait : pour que je leur passe un effaceur, leur indique la salle de la visite médicale, rappelle le jour de l'interro de maths, prête la transcription d'un cours qu'eux avaient frimé de ne pas prendre. M'exécutant, j'en ressentais autant de joie que de rage. Les pieds qui s'essuient humilient mais justifient le paillasson.

Habitant Vertou, Gaëtan Tusseau m'évitait dans le bus 54 et aurait trouvé déplacé que je l'entreprenne. Ce qui ne risquait pas d'arriver : ma solitude imposée devenait un havre, pour rien au monde je n'aurais troqué cette paix, si amère soit-elle, contre l'inconfort épuisant des relations sociales.

Quand à la mort de mon père les déléguées ont fait signer un mot de condoléances à tous les élèves, et que ma mère m'a suggéré de les remercier, je n'en ai pas dormi de la nuit. C'était au-dessus de mes forces. Le lendemain j'ai laissé passer un cours, deux, quatre, toute la journée. Mue par une force insoupçonnée je me suis lancée après l'heure d'athlétisme : relayée par Émilie Desarthe dont la voix portait mieux que la mienne, j'ai sollicité l'attention de ces gens qui ne me voyaient plus. J'ai dit merci pour votre mot, ma mère et moi nous avons été très touchées. Il y a eu un silence embarrassé, quelques secondes de suspens. J'appartiens à la moitié de l'humanité qui embarrasse l'autre.

Chaque année l'enfance s'éloignait et je gagnais en paix. Bientôt je n'ai plus suscité qu'une indifférence vaguement attristée. François, mon amoureux de première S, n'a dû me regarder que le jour de novembre où il s'est assis à ma table pour me faire signer un texte appelant le lycée à la grève. J'ai paniqué et balbutié que je n'avais pas d'opinion sur la sélection à l'entrée de l'université. Il a ouvert la bouche pour argumenter, puis son regard s'est posé sur ma croix de communion en pendentif. Il n'a pas insisté et a repris son tour de la classe. Pour le coup j'aurais pu renouer avec l'habitude de pleurer. Je trouvais injuste que ma foi le rebute. Un préjugé indigne de lui, que mes contes mentaux élevaient au-dessus des mortels. Le soir j'ai prié pour que les grévistes obtiennent gain de cause, et que dans la liesse François me serre dans ses bras, juste ça.

D'ordinaire je priais pour que les enfants du Sahel survivent, ou pour que ressuscite la petite colombienne piégée par une coulée de boue qu'on avait vue agoniser à la télé. J'avais une compréhension intime du malheur. Compassion c'est bien le mot. Pitié de soi.

Devenue assistante sociale, je me suis senti une familiarité immédiate avec les déshérités des Mauges dont on m'a confié le suivi. Je ne buvais pas, je mangeais à ma faim, j'avais un métier stable et peu menacé par le chômage technique, bref j'avais peu à voir avec ce quart-monde rural, pourtant sécrété par les années 80, pourtant nous nous retrouvions au même point de chute, et travailler à alléger leur vie plombée me soulageait de la mienne.

Parmi eux j'accordais, pour une raison obscure à moi-même, un surcroît d'attention à Eddy, un orphelin de père confié par sa mère à la DDASS dont les familles d'accueil ne supportaient pas longtemps les inexplicables accès de brutalité. Argumentant pour les convaincre de le garder malgré tout, je me sentais comme une mère d'élève plaidant auprès d'un proviseur pour qu'il ajourne le moment fatal de l'exclusion. Quand il avait dépassé les limites de l'acceptable, Eddy découvrait une nouvelle famille, bien décidé à lui faire payer l'intransigeance de la précédente. D'enfant difficile je l'ai vu devenir adolescent violent, puis jeune adulte délinquant dont seule une peine de prison ferme pour agression à l'arme blanche a suspendu quelques mois la fuite en avant. Je l'ai visité aussi souvent que le permettait mon emploi du temps densifié par les nouvelles précarités des années 90. Je lui donnais des livres dont il déchiffrait le titre sans commenter, nous échangions peu de mots, j'aurais dû m'en trouver gênée mais au contraire il y avait une plénitude dans ces silences. Parfois je m'autorisais à fermer les yeux pour les écouter, je suppose que dans ces instants Eddy me regardait, et j'aime imaginer qu'il souriait, que s'il a jamais souri sur cette Terre ç'a été là, devant les paupières closes de la drôle de fille qui persistait à l'épauler. Au moment de nous quitter, il me demandait de chanter La Ballade des gens heureux qu'avait émis l'autoradio de ma Clio, un jour que je le ramenais d'un entretien avec un psychologue de Cholet. Il était possible qu'il se fiche de moi, je chantais quand même, ma voix aiguë et fluette l'amusait, ou peut-être riait-il pour voiler son émotion. C'est ce que je voulais croire, ce que je croyais.

Notre Terre est une étoile où toi aussi tu brilles un peu.

À sa sortie je l'ai hébergé en attendant qu'il touche sa première paye dans un resto routier de Champtoceaux associé à notre programme de réinsertion. Trois nuits de suite je l'ai entendu s'affaler de fatigue et d'alcool dans le salon de ma petite maison de Saint-Macaire. Au réveil je le trouvais allongé tout habillé sur le canapé même pas déplié. Un sommeil intranquille malmenait ses paupières. Je pensais : tu vas tenir Eddy, tu vas tenir et tu auras ta part d'amour. Chacun a sa part.

Tu n'as pas de titres ni de grades, mais tu dis Tu quand tu parles à Dieu.

Le quatrième matin, le canapé était vide.

J'ai annulé mes rendez-vous de la journée. Au bout d'une matinée de recherche vaine j'ai informé mes services, qui ont passé outre mon refus de lancer des gendarmes à la recherche d'un jeune homme qui se démenait pour ne pas retourner en prison.

Pourtant ce sont bien eux qui ont remonté sur la berge de l'étang de Chaumont son corps gonflé, bleu, horrible, apaisé.

Cherchant qui pourrait le reconnaître ils n'avaient trouvé que moi.

Je n'ai pas suivi l'enquête, peu m'importait. Même jeté dans l'eau fangeuse par des bras criminels, il avait voulu cette fin. En dernier ressort on veut ce qui arrive. J'ai prié pour lui, qui l'aurait fait sinon ? Et dans le temps de la prière un désir m'est venu. Un désir inconsidéré.

À trente et un ans j'avais renoncé à m'accoupler avec un homme, par quel miracle arriverait-il que je me retrouve enceinte ? Souvent je m'occupais de mineures engrossées par elles ne savaient qui, mais en l'occurrence c'était l'abondance et non la pénurie de partenaires qui créait la confusion. Invitées par moi à se souvenir, elles égrenaient les noms de voisins ou de copains, et je serais malhonnête de taire qu'il entrait de l'excitation dans mon dégoût.

Un début de solution m'a été soufflé par un reportage d'M6 où une vieille fille de mon genre rencontrait un homme plus jeune grâce à un site spécialisé et formait avec lui un couple dont il naissait un garçon. Mais je ne me voyais pas charmer un internaute en aveugle et nous exposer à une gêne cruelle au premier rendez-vous – ma laideur n'avait pas disparu avec les boutons.

Par le jeu des clics, et en passant par des sites pornographiques emplis d'enseignements, je suis tombée sur une page où traînaient les références d'un escort – je découvrais ce mot et le type de service qu'il recouvrait.

J'ai laissé passer une semaine et puis un soir, grisée par deux portos, j'ai établi le contact avec cet Alexandre. Il n'a pas tardé à répondre, je me suis resservie et j'ai expliqué qui j'étais, quelle vie solitaire je menais, et que je le paierais ce qu'il faut pour me dépuceler puis me faire l'amour à fréquence hebdomadaire jusqu'à ce que je tombe enceinte. Empruntant cette voie virtuelle mes mots avaient une aisance peut-être forgée par vingt ans de confidences à des cahiers 96 pages jetés à mesure.

Il a donné un accord de principe et demandé une photo que j'ai envoyée sans gêne. Je l'avais prévenue.

Nous nous sommes retrouvés un samedi après-midi dans un café de la place Graslin, pas si loin du lycée où j'avais avalé des centaines de leçons dont il ne me restait que le souvenir de les avoir avalées. Je l'avais choisi pour son doux regard bleu, sa belle voix de jeune homme ne dépareillait pas. Il s'est dit kabyle et a expliqué qu'en Algérie les siens étaient marginalisés par les Arabes. J'ai dit qu'ici c'étaient les Arabes qui étaient marginalisés. Nous avons conclu qu'on était toujours le paria de quelqu'un et il m'a emmenée dans son studio de la rue Scribe.

Il m'a montré les résultats négatifs d'un test récent de dépistage du sida, j'ai dit c'est inutile. J'avais une foi absolue en moi et donc en lui. Au moment où elle aurait dû s'aiguiser jusqu'à la douleur ma vieille honte s'était évaporée.

Il s'est retiré aussitôt après la pénétration pour changer la serviette sous moi et me passer un gant humecté d'eau chaude entre les cuisses. Cela m'a donné très envie qu'il me pénètre à nouveau. J'avais imaginé souffrir mais c'est sa délicatesse qui m'a fait pleurer.

Les premiers signes sont apparus après le quatrième rendez-vous. Au sixième j'ai pu lui annoncer que nous avions réussi. Prenant le chèque, il a demandé si nous continuerions à nous voir, j'ai dit que je m'étais déjà trop attachée. Il a souri et dit que dans le même esprit il préférait que je ne lui donne pas de nouvelles de l'enfant.

Il m'a fait une bise appuyée sur la joue et moi je me suis serrée contre lui en murmurant. Il m'a fait répéter. J'ai dit : tu sauves tous les autres. Tous les autres sont sauvés. Il n'a pas entendu, s'est allongé sur le lit intact ce jour-là, a demandé que je l'appelle Saïd pour cette fois, a parlé d'une Mélissa follement aimée et partie avec un autre. Puis la fatigue a tari ses mots.

Il s'endort et tu le regardes, c'est un enfant il te ressemble un peu.

Constatant la déformation de mon ventre de jour en jour, les collègues du centre social ont commencé à se lancer des clins d'œil dans mon dos, à multiplier les blagues sur l'identité du père. J'ai su que le gardien de nuit avait dit, au pic d'alcool d'une soirée raclettes, que j'avais été visitée par le Saint-Esprit. Je n'ai pas démenti. J'ai même fait croire qu'il s'appellerait Jésus.

Alors que c'est Édouard que j'avais en tête. Édouard pour prénom et Maillard pour nom. Le même que le mien. Mon nom de vieille fille.

Au début je rêvais surtout d'être enceinte. L'état en soi, dissocié de son aboutissement. Puis j'ai désiré l'ensemble ; être mère. À douze ans il me tardait déjà. Je sautais sur la moindre opportunité de baby-sitting, même bénévole, et les compliments de mes employeuses me confortaient dans ma vocation.

Bientôt il ne m'a plus suffi de glisser un oreiller sous ma chemise de nuit pour me regarder dans la glace, une main sur le ventre comme ma tante Anne-Marie sur la plage de La Baule. Je voulais connaître pour de vrai cette joie sans laquelle une vie de femme est inaboutie.

Je m'en ouvrais si souvent que maman en est venue à craindre qu'un samedi je revienne du pensionnat avec un bébé dans les bras. Elle pouvait dormir tranquille : le lycée Sainte-Agnès n'était pas mixte et aucun des garçons de l'aumônerie ne m'allait. En contrepoint de mon impatience, j'entendais prendre le temps nécessaire pour trouver le père de mes enfants.

Je l'ai trouvé dix ans plus tard.

Dès son entrée dans la salle de réu j'ai su que c'était lui. Il s'est présenté à l'assemblée, son nom se mariait bien avec mon prénom. Et aussi avec celui de mes enfants, Madeleine et Louis. Madeleine à cause de la comtesse de Ségur, et Louis pour Louis.

Je n'ai rien écouté de son exposé PowerPoint sur la stratégie com' conçue pour je ne sais quel produit. Je regardais ses épaules, ses yeux, ses mains surtout. Les mains du géniteur.

La suite du processus a été plus laborieuse que prévu. Deux mois pour un premier rendez-vous, autant pour qu'il m'embrasse, le double pour qu'il me demande en mariage et qu'on emménage ensemble dans un F3 avec vue sur le Maine, le triple pour l'informer du rôle que j'aimerais lui donner dans ma vie. Cette dernière étape s'avérant paradoxalement la moins évidente à ses yeux. J'ai semblé le bousculer, il a balbutié qu'il ne se sentait pas prêt. À nous qui nous préparons à cette échéance depuis la puberté, les atermoiements masculins paraissent déplacés, presque indélicats. J'ai consenti à repousser encore l'échéance, et Dieu sait s'il m'en coûtait. Tant qu'il n'est pas fécondé, le ventre souffre de voir passer les années qui accroissent l'écart d'âge avec l'enfant : vingt-quatre, vingt-cinq, vingt-six – à vingt-huit ans j'ai rouvert le dossier. Antoine venait d'hériter de la boîte de son père, j'ai dit que notre prévisible emménagement dans un appartement plus vaste permettrait d'accueillir qui on sait. Il a retourné l'argument : ses nouvelles responsabilités allaient l'accaparer, autant attendre que la situation se stabilise. Je l'ai rassuré : dans les premières années un enfant a surtout besoin d'une mère.

Avais-je fait mouche ? En tout cas il s'est tu et je me suis autorisée de ce silence pour arrêter la pilule.

Dès lors j'ai vécu rivée à mon calendrier personnel. Si on ne faisait pas l'amour les jours d'ovulation, je m'agitais dans le lit, me plaquant une main sur la bouche pour ne pas crier. Antoine finissait par se réveiller, je suppose que c'est ce que je voulais. Une dispute s'ensuivait qui me laissait éplorée.

Des mois pour rien ont passé. Je faisais quand même de réguliers tests de grossesse, certaines femmes enceintes continuent d'avoir leurs règles. Il est arrivé que, fatiguée d'essuyer échec sur échec, je me fasse porter pâle au bureau. En rentrant Antoine me trouvait allongée devant Peau-d'Âne. Le prince retrouve sa belle parce qu'un seul doigt va à cette bague. Je me jetais dans ses bras en larmes : pourquoi n'y arrivait-on pas alors que nous avions et la bague et le doigt ?

J'ai profité du bref congé qu'il s'est accordé en juillet pour lui offrir une semaine en Toscane, cadre stimulant pour ce que nous avions à faire. Le second soir, un chianti bien frais nous a égayés comme jamais, j'ai pensé : c'est maintenant. Une heure plus tard dans le lit à baldaquin je me suis sentie devenir enceinte. Une femme perçoit exactement le moment où le spermatozoïde entre dans l'ovocyte. Antoine, qui s'endort toujours trente secondes après, ne m'a pas vue relever mes jambes contre le mur pour que sa semence reste bien à l'intérieur.

Sur le trajet de l'aéroport de Nantes à Angers, des petits pincements dans le ventre ont entériné mon intuition. La nidation est souvent douloureuse. Je jubilais – en silence pour ne pas irriter le conducteur. En rentrant j'ai couru dans la salle de bains examiner mes mamelons, à l'affût de petits picots, signe infaillible. Le diagnostic négatif n'a pas entamé ma certitude, formalisée le lendemain par le test. J'ai foncé au laboratoire d'analyses pour la confirmation, puis chez mon docteur que je voulais associer d'emblée à cette aventure car la relation médecin/maman est fondamentale, en particulier dans le cas d'une primipare.

L'annonçant à Antoine j'ai ouvert le champagne et trinqué en le regardant profondément dans les yeux.

De ce jour nous avons arrêté toute forme de câlin. Antoine revenait épuisé des longs déplacements qu'il multipliait pour développer l'entreprise sur tout le territoire comme l'avait préconisé son père lors de la passation. J'essayais de ne pas trop insister non plus pour qu'il caresse mon ventre, parle à l'enfant et colle son oreille pour guetter le petit coup de pied contre la paroi en réponse. Cette communication prénatale avec le bébé conditionne pourtant les liens qu'il entretiendra avec ses parents.

Je lui envoyais des photos de mon ventre par MMS. Une fois il a répondu : de pire en pire ! J'ai souri.

Je me serais volontiers mise en congé dès le troisième mois. Certaines femmes enceintes sont un peu désinvoltes, il y en a même qui continuent à fumer. Moi pour éponger ma culpabilité d'avoir conçu mon enfant avec de l'alcool dans le sang je n'en buvais plus une goutte. Je m'attachais à ce que tout se passe bien, et résultat tout se passait bien, à quelques vomissements près, dont un au beau milieu d'un rendez-vous avec le directeur de Nestlé France, le plus gros client de la boîte ! Heureusement cet homme galant a su me ménager dans ma position de faiblesse. Les hommes m'apparaissaient plus respectueux que de coutume. Nulle trace de concupiscence dans leur regard. Cumulée à de fréquentes offensives sur le Frigidaire, ma Brioche Pasquier quotidienne, avec du miel et du Nutella m'a fait prendre trente kilos en huit mois, ce qui m'a valu d'Antoine le tendre surnom de Micheline, la femme supposée du Bibendum. Toujours plus drôle que François qui, constatant que mon cerveau fonctionnait au ralenti, me disait t'es complètement aux fraises Charlotte. Le pire c'étaient mes doigts, des vraies saucisses de Francfort. J'esquivais les miroirs. Il n'y a aucune photo de moi datant de cette période.

Antoine a dû s'installer quelques mois à Bourges pour consolider le rachat d'un sous-traitant. Pour moi il était hors de question que Madeleine n'ait pas un contact avec son père avant de nous apparaître. Mais comme il était douteux que je trouve aussitôt un job dans le marketing sur place, j'ai dû attendre le congé maternité pour venir m'installer avec lui. Très gentiment il m'a interdit de décharger quoi que ce soit de la voiture.

C'est donc à la clinique Sainte-Thérèse qu'a eu lieu la troisième échographie. À ce stade le vernix caseosa, sorte d'enduit graisseux protecteur, recouvre tout le corps du bébé. Qui par ailleurs affichait un nez protubérant. Elle le tient de sa mère, a dit Antoine. Comme le mien n'est pas si gros, j'ai perçu là une allusion à mon poids. Notre enfant se révélant bien pourvu en cheveux, j'ai réprimé une allusion à la calvitie naissante de son père. Il devait naître dans un couple harmonieux.

J'étais partagée entre l'envie que la grossesse se prolonge indéfiniment et l'impatience de faire connaissance avec Madeleine, par-delà nos conversations à travers l'épiderme. Je me passais et repassais la BO des Demoiselles de Rochefort pour qu'elle en perçoive les douces mélodies et, qui sait, les chante avec moi.

Le vendredi je prenais le bus jusqu'au quartier de la cathédrale pour la prépa. Mon exercice préféré consistait à visualiser l'accouchement, en la matière j'avais pris pas mal d'avance. J'aimais bien me trouver au milieu de femmes unies pour, chacune à sa place, perpétuer la vie. Des Berruyères de souche pour la plupart – c'est ainsi qu'on appelle les habitantes de Bourges, et non des Bourgeoises comme je l'avais cru. Certaines étaient accompagnées du papa. Entre deux temps de relaxation, nous mettions en commun nos expériences, nos appréhensions. De semaine en semaine je me suis notamment liée avec Mathilde, croisée antérieurement à une récolte de dons pour Emmaüs, et qui, coïncidence, avait été dans la même classe que ma sœur cadette à la maison d'éducation de la Légion d'honneur. Un jour, elle a décliné notre coutumière discussion au salon de thé pour filer passer des examens. N'étant pas immunisée, elle venait de contracter une toxoplasmose, ce qui à ce stade de la grossesse est souvent synonyme de malformation. Je ne l'ai plus jamais revue. Quoi de plus atroce qu'une interruption de grossesse à sept mois ? Je pense souvent à elle.

La dernière session des cours nous proposait un repérage de la salle d'accouchement, avec mise en situation. Certaines étaient accompagnées du papa. La sage-femme nous a fait prendre place l'une après l'autre sur la table, les pieds dans les étriers, les bras écartés pour accrocher les barres latérales. Position un peu humiliante mais il fallait ça.

L'arrivée de Madeleine était prévue pour le 14 avril. Une petite Bélier, j'étais ravie, étant Capricorne. J'ai demandé à Antoine de déplacer son séjour pro au Brésil. Il a convenu que c'était la moindre des choses.

Dès la perte des eaux on doit se rendre à la maternité. Il était 5 heures, j'ai mis vingt minutes à réveiller Antoine, qui n'est pas du matin et déteste qu'on le brusque. J'ai beurré des grillées et pour ma part je me suis attachée à rester à jeun.

L'établissement était encore en horaires de nuit, on nous a rabattus vers les urgences. J'étais la seule parturiente à ce moment-là. En salle de travail j'ai regardé le liquide amniotique couler, les sages-femmes défiler. Pas grand-chose d'autre à signaler. À mes vingt ans d'attente je devais me résoudre à ajouter un tunnel d'heures. Antoine est allé déjeuner pour tromper son ennui. Quand la douleur est devenue insupportable j'ai appliqué les consignes : bien respirer pour accompagner la contraction, penser à mon bébé, me dire que je fais ça pour lui. Antoine est allé demander qu'on m'installe la péridurale puis il a recommencé à tournicoter autour de moi avec le brumisateur d'eau à la main. L'anesthésiste a trouvé le col ouvert à 7, c'était limite. Comme je le redoutais, la piqûre m'a fait perdre toute sensation. Je voulais sentir que je mettais au monde. En France, 75 % des accouchées recourent à cette facilité, en Allemagne seulement 15 %. Serions-nous un peuple douillet ?

Comme je m'épuisais à pousser dans le vide, la sage-femme s'est allongée sur mon ventre pour appuyer à chaque contraction. Bon on va pas y passer la journée, a dit le docteur en se frappant les mains. Il a demandé qu'on me rase puis qu'on me vide la vessie avec une sonde. La ventouse est un des procédés les plus traumatisants qui soit pour l'enfant, il est du reste interdit dans de nombreuses régions. De ma position allongée, j'ai vu Antoine changer de couleur puis manquer tourner de l'œil quand le docteur s'est exécuté. Tortue sur le dos, j'ai assisté impuissante à mon premier accouchement. La tête est sortie. C'est une vraie fille elle a mis un collier, a plaisanté le docteur en parlant du cordon, que j'ai incité Antoine à couper. La sage-femme a pris une photo de nous trois à ma demande. On me l'a enlevée pour me nettoyer et m'expulser le placenta. Puis je me suis abandonnée à la fatigue dans ma chemise de nuit rose.

Ses cris l'ont annoncée dans le couloir. J'ai pu contempler ma fille, avec son nez de boxeuse. Deux heures après sa naissance, elle a cherché puis renoncé à trouver le chemin du sein. À ce moment il n'y a à téter que le colostrum, la montée de lait n'intervient qu'au bout de deux jours. Mais même par la suite une infirmière puéricultrice a dû me seconder pour que Madeleine abouche un téton. De guerre lasse j'ai envoyé Antoine en ville pour louer un tire-lait électrique.

Loin de mes bases angevines, j'ai eu peu de visites d'amies. Antoine passait en coup de vent le matin et tard le soir. Le pauvre ne s'était offert aucun jour de congé.

Arrivées de La Baule le lendemain de l'accouchement, mes parents avaient pris leurs quartiers en ville. Papa venait de laisser les commandes de sa boîte à mon frère, il était disponible pour profiter de sa petite-fille. Ils ont trouvé que Madeleine était mon portrait craché.

Bientôt ma petite a pu découvrir sa chambre aux murs piqués de papillons roses et le petit lit offert par tante Anne-Claire, dans lequel ma cousine Béa avait passé ses deux premières années. Peut-être qu'il la prédestinait elle aussi à entrer dans les Ordres.

Grâce à Dieu elle ne se réveillait qu'une seule fois par nuit, vers 5 heures, et une tétée la rendormait. Antoine n'entendait rien et s'extasiait au réveil que sa fille soit si sage. Quand ma belle-mère est venue d'Arcachon, elle a trouvé que la petite était le portrait craché de son père. Quelque sévérité qu'elle ait toujours manifestée à mon égard, je lui ai donné raison de bon cœur. J'aimais l'idée qu'il y ait dans les traits de ma fille autant du père que de la mère.

Elle a dû rentrer d'urgence pour enterrer l'administrateur de ses vignes, au moment même où Antoine partait pour un séminaire à Francfort. Heureusement je pouvais compter sur maman, avec sept petits-enfants elle possédait bien l'art d'être grand-mère.

À son retour, Antoine s'est étonné que je n'aie pas encore perdu les kilos de grossesse, me rappelant au souvenir de mon aînée Marion, aussi mince avant qu'après. Pour l'instant il était normal que notre sexualité n'ait pas repris, mais je me jurais d'avoir un corps de jeune fille au moment où il serait normal qu'elle reprenne.

Je me privais de sucre, de viande grasse, de tout. Un regard sur ma petite suffisait à justifier ces contrariétés physiques. Elle au moins ne souffrait pas de surpoids, la puéricultrice avait même eu un battement de cils d'inquiétude en découvrant qu'à deux semaines elle ne pesait que trois kilos deux.

Le week-end d'après l'Ascension nous avons reçu les Lamoricière. Antoine et Geoffroy sont partis courir sur les bords de l'Yèvre, nous avons pu discuter avec Marthe, entre femmes. Nous seules pouvons comprendre l'exaltation de mettre au monde et la nouvelle maturité qui en découle. Elle m'a raconté que les quinze kilos pris lors de sa troisième grossesse étaient partis en deux mois. J'ai calculé qu'à proportion il m'en faudrait quatre.

Au retour des hommes, j'ai demandé à Antoine de prendre la première photo de la série Madeleine à travers les mois, sur la suggestion de Marthe qui avait systématisé cette pratique avec ses petits. Je pensais au beau diaporama que nous en tirerions plus tard, pour son mariage par exemple.

C'était la fête des Mères, Madeleine m'a offert un pendentif composé de trois diamants et une chaîne pour le porter ; Antoine avait eu l'idée adorable de lui passer le sac du bijoutier autour du bras.

Ce pendentif serait aussi inséparable de moi que de Peau-d'Âne sa bague.

Lors de l'examen des deux mois, le pédiatre a prescrit des comprimés pour les régurgitations. Me voyant les administrer à la petite, Antoine a ronchonné contre la surmédicalisation. J'ai dit que je m'en passerais bien, mais que dans le doute je préférais m'en remettre aux spécialistes afin que notre fille ne m'en tienne pas grief plus tard. Il n'a rien répondu, sinon, moins fort, que je ferais mieux de m'occuper de moi.

Dès lors je me suis astreint à un seul repas par jour.

Les premières chaleurs m'y ont bien aidée, on a moins faim l'été. De plus les longues heures de plage à Arcachon me tenaient éloignée du garde-manger, et le soir la fatigue de supporter les remarques intrusives de ma belle-mère me plongeait dans un sommeil immédiat dont seuls me tiraient les pleurs de Madeleine.

Antoine nous a rejointes au bout d'une semaine. Au coucher je me suis dit que c'était le moment et le cadre opportuns pour redécouvrir nos corps. Il s'est endormi. Le premier jour au bord de la mer est toujours assommant.

Par la suite il a passé beaucoup de temps sur le bassin en vue de la régate du 15 août. Un jour, un orage l'a retenu au Cap-Ferret, loin du premier sourire de

Madeleine que je n'ai pas eu la présence d'esprit de filmer, quelle gourde je fais.

Au soir de la régate, il a expliqué son mauvais classement par les circonstances défavorables dans lesquelles il avait dû se préparer. J'ai préféré supposer qu'il parlait de ses lourdes charges de travail. Il n'y a pas de vacances pour les entrepreneurs, d'ailleurs il est rentré dès le lendemain.

Dans ses journées de ministre, il trouvait une minute pour nous appeler. Je collais le portable à la bouche de Madeleine en espérant un petit couinement, un rot, et il était déjà temps pour son papa de raccrocher. À titre de plaisanterie sa mère m'a dit qu'un mari professeur aurait été plus présent, ou n'importe quel fonctionnaire d'ailleurs.

Lorsque nous sommes remontées à Bourges à la toute fin du mois d'août, le prévisible foutoir de célibataire ne se concentrait que dans une seule des huit pièces. Il avait pris l'habitude de dormir au salon et y dormirait encore quelque temps pour l'air, plus frais que celui de la chambre dont par ailleurs il n'aimait pas la configuration.

Pourtant un an après quand nous avons revendu l'appartement, il a dit que c'était la pièce qu'il regretterait le plus.

Je ne sais pas s'il l'a regrettée longtemps, ni si sa nouvelle chambre lui convenait mieux. Je n'ai jamais voulu y mettre les pieds. Quand je déposais Madeleine un weekend sur deux, je sonnais et j'attendais qu'il descende. En le quittant je lui recommandais de remonter par l'ascenseur pour éviter les à-coups des escaliers. Je ne voulais pas que ma fille ressente de la brutalité et qu'elle l'attribue à son père.

Au début mon idée c'était d'en faire un toute seule. Enfin idée n'est pas le mot, idée c'est quand on y pense vraiment non ? La vérité c'est qu'à l'époque on n'y pensait pas. On se posait pas de questions, on vivait c'est tout.

Donc tant qu'à en faire un, le faire sans homme. Enfin si au début il en faut bien un, surtout dans ce temps-là, mais ensuite me débrouiller. Gamine j'avais été habituée à ça. Ma mère travaillait, mon beau-père s'exténuait à tirer quelque chose de ses six hectares, c'était à moi de m'occuper de ma grande sœur attardée et de ma grand-mère dépressive depuis que son mari avait attrapé une pneumonie en faisant le brancardier dans la plaine des Flandres. Elle était descendue le voir mourir à l'hôpital de Bordeaux, il avait juste eu le temps d'écrire trois mots sur un coin de mouchoir : j'ai eu si froid. Parfois elle se réveillait de sa prostration pour radoter ses regrets de ne jamais avoir travaillé – sage-femme c'était son rêve – et maudire encore cette saloperie de guerre de 14. Du coup j'ai grandi dans cette amertume-là et faut pas trop m'emmerder avec Clemenceau.

Tous les soirs en rentrant de l'école de Damvix je faisais le ménage et la cuisine. Il ne me serait pas venu à l'idée de me plaindre. Au moins je faisais les choses à ma manière, avec personne sur mon dos.

L'été ma sœur et moi on suivait ma grand-mère dans sa maison de Denan, et là toujours pareil : les nourrir, les divertir, acheter les médicaments censés soigner les maux physiques que la plus vieille s'inventait pour ne pas nommer le principal. Souvent je marchais trois kilomètres jusqu'au docteur pour qu'il passe faire semblant de la soulager. Moi ça m'allait bien, j'aimais sentir mes bottes s'enfoncer dans l'herbe boueuse du talus. M'arrêter deux minutes pour les décrotter sur une borne. M'agenouiller dans l'herbe et penser à rien.

Le reste de la journée je m'occupais de nourrir les poules, les oies, les lapins. L'après-midi on mettait au pré notre unique vache, Violette, et aussi les trois du cousin Dédé, qui avait une exploitation minuscule comme la plupart des agriculteurs de ce temps-là.

Dédé avait quinze ans de plus que moi, c'était le cousin de ma mère, les deux sont morts à six mois d'intervalle y a tout juste dix ans. Vieillir, c'est voir partir un par un ceux avec qui on a vécu, et puis un jour ce sera mon tour, et plus j'avance moins il restera de monde pour pleurer sur ma tombe, mes enfants seulement, et encore, s'ils daignent penser à moi. Hier la petite pharmacienne du cours des 50-Otages a dit vous nous enterrerez tous. J'ai dit parlez pas de malheur. Finir grabataire et à moitié maboul comme la sœur de Christiane non merci. J'ai toujours dit que je veux qu'on me débranche si je deviens une plante. Ou si je deviens trop chiante, mais qui le décrétera ? À partir de quel moment on dépasse le tolérable ? Je ne veux pas être un poids, je veux ne dépendre de personne, l'autonomie avant tout c'est mon idée depuis le début, enfin idée je ne sais pas si c'est le mot.

Dans une journée d'été je voyais beaucoup plus d'animaux que de gens, et ça ne s'est pas arrangé quand la veuve Simonneau nous a laissé Mémère, une truie têtue comme une bourrique qui a mis bas deux mois plus tard. En regardant téter la portée je me suis dit pourvu que les petits soient plus commodes que leur mère. Pourtant les chiens font pas des chats alors bon.

Un matin il en a manqué un. J'ai recompté, remué la paille, soulevé la grosse Mémère : rien à faire, cinq machins roses frétillants, pas six. Dans un rare moment de lucidité, ma sœur a dit qu'il allait vite pleurer sa mère et revenir la queue basse. En attendant c'est moi qui aurais pleuré, si j'en avais eu l'habitude. Mourir comme ça tout seul dans un fossé c'est triste pour un porcelet. Pour tout le monde.

Le lendemain il avait repris sa place, sans que Mémère s'en émeuve davantage que de sa disparition. On l'a appelé Fuyard et on ne l'a plus jamais laissé partir. Parce qu'on tenait à l'engraisser pour qu'il soit bon à manger, et aussi parce que sa petite fugue nous l'avait attaché.

Quand le jour est arrivé que le père Baquet le tue, c'était différent de d'habitude. C'était Fuyard. Une bête ça vit et ça meurt on est au courant, toute l'année on égorge les volailles, on assomme les lapins, on entasse les chatons dans un sac à patates qu'on leste avant de le jeter dans la Sèvre. Mais Fuyard j'avais grandi avec. De neuf à quinze ans il m'avait accompagnée d'été en été. En soufflant sur le café qu'on lui sert toujours avant qu'il aille à sa besogne, le père Baquet a senti qu'il y avait quelque chose de spécial. Il s'est quand même levé en crachant pour s'encourager, et puis au moment de tirer une balle entre les yeux de la bête coincée dans sa cage de bois, il a relevé le canon et la balle est partie éventrer un nuage. Vers nous, accroupies à hauteur de cage, prêtes à recueillir le sang chaud, il a baissé une tête hagarde d'assassin mais c'était l'inverse. Il n'en revenait pas. Pris par le démon, a dit sa femme.

Le démon de ne pas pouvoir tuer une bête, un comble pour lui.

Je n'ai pas vu Fuyard mourir d'une espèce de gale l'été suivant, j'étais sur la côte à Saint-Gilles-Croix-de-Vie pour animer ma première colonie de vacances. J'ai dû apprendre à nager en même temps que je surveillais les petits. J'avais seize ans, ma paye dérisoire revenait à la famille. Je n'ai gagné des sous pour moi qu'en faisant la pionne dans un pensionnat de Fontenay-le-Comte, puis avec mes premiers remplacements en école primaire. À l'époque, le bac suffisait pour ça.

En septembre 62 j'ai pris une chambre à La Roche-sur-Yon pour le stage à l'école d'application. Quinze mètres carrés, un lit, de quoi cuisiner, et une vue sur la place Napoléon. Ça m'allait bien comme situation, je me voyais la faire durer toute la vie, et puis ça s'est passé autrement.

Je suis tombée enceinte en juin. Quant à le garder ou pas je n'avais pas d'avis, mais comme celui du père était plus tranché, je suis allée voir ma mère pour qu'elle me donne l'adresse d'un médecin de Fontenay dont elle m'avait toujours dit, enfin depuis mes premières règles, qu'il m'aiderait s'il m'arrivait quelque chose. C'était l'expression consacrée à l'époque : il m'arrive quelque chose maman. Femme plutôt moderne, institutrice et seule depuis le départ de mon père à ma naissance – j'ai eu l'idée crétine de retrouver sa trace vingt-cinq ans après, résultat on n'a rien eu à se dire, comme quoi les liens du sang j'ai des doutes –, ma mère avait dû avoir recours en son temps aux services de ce médecin qui procédait par piqûre tout en prévenant que ça marchait avec peu de femmes.

Pas avec moi en tout cas.

Du coup on a eu l'idée de la Suisse, où des médecins pratiquaient l'opération. On s'est pas posé de questions, on a rassemblé les 2 000 francs nécessaires, quatre fois notre salaire d'instit, et j'ai traversé la France au volant de ma 2 CV, le père sur le siège passager. Une fois à Genève je suis entrée dans une clinique au hasard. On m'a indiqué un médecin au fond du couloir. Il a exprimé une réticence que j'ai sentie idéologique. Mais pas si ferme. Il aurait peut-être cédé si le père était sorti de la voiture pour argumenter. La vérité c'est que depuis Cro-Magnon les hommes considèrent que ce n'est pas leur affaire.

Les recherches se sont arrêtées là, pour ce qui est de la Suisse. Après quelques jours à se dorer au bord du lac Léman, on a filé vers l'Espagne, où on avait entendu que des médecins militants aidaient les femmes à qui il arrivait quelque chose. Sous Franco on avait du mal à le croire, mais qu'est-ce qu'on risquait ? La prison, je me dis avec le recul, mais sur le coup on n'y a pas pensé. J'ai tiré la deudeuche des Alpes aux Pyrénées, et juste après la frontière je me suis arrêtée à Figueras pour entrer dans le premier hôpital et demander si quelqu'un pouvait m'enlever ce que j'avais dans le ventre.

Ne trouvant personne, on a fait un crochet par Andorre acheter des cigarettes hors taxes et on est remontés en Vendée, où le père a écrit une lettre à ses parents pour annoncer qu'ils deviendraient pépé et mémé six mois plus tard. Très bien, ils ont répondu, mais alors va falloir se marier fissa mon petit Jacky. On s'est exécutés dès l'automne, à La Roche, sans se poser de questions. Le lendemain on retrouvait nos élèves de l'école primaire de Vouvant où on avait été nommés en début d'année.

Pour le prénom j'ai proposé François. Jacky préférait Frédéric.

Le dernier mois je suis allée voir la sage-femme – celle qui avait accouché mon demi-frère Pierre – pour voir si tout fonctionnait. Dans la salle d'attente, une fille de Champagné-les-Marais m'a demandé si je comptais allaiter. Je ne m'étais pas posé la question, mais comme j'avais une poitrine pas mal pour ce boulot, j'ai dit oui. Elle, elle appréhendait de devoir donner le sein devant les visiteurs. J'ai dit qu'elle pourrait les faire sortir de la chambre le temps nécessaire. Une infirmière a ajouté que de toute façon les visiteurs on en accueillait le moins possible. Entre ceux qui saturent le frigo du personnel de bouteilles de champagne et ceux qui demandent des vases pour leurs fleurs, elle ne voyait que des inconvénients à les autoriser. Le père était toléré, du moment qu'il restait en dehors pendant l'accouchement, ce que Jacky a fait très volontiers le jour venu. Du coup j'étais seule avec la sage-femme et je poussais autant qu'elle me le demandait. Sans péridurale ni rien, mais en un sens d'avoir vu Violette vêler m'avait donné un modèle. Les vaches endurent en silence, pourquoi pas moi.

Comme ils ne m'avaient pas recousue, la cicatrisation a pris du temps, j'ai eu peine à marcher pendant plusieurs semaines.

Arrivé en avance de trente jours, Frédéric pesait deux kilos cinq. Il serait resté en couveuse s'il y en avait eu une à l'hôpital de Fontenay. Je lui avais tricoté des chaussettes, au moment de les enfiler elles lui montaient jusqu'en haut des cuisses, j'en ai pleuré. Ces toutes petites jambes perdues dans les bas. La vie trop grande pour lui. Après il a vite rattrapé, parce que j'avais beaucoup à lui donner à téter. Le docteur s'en est étonné parce qu'il s'imaginait d'une part que les institutrices sont des intellectuelles et d'autre part que les intellectuelles ne sont pas de bonnes vaches à lait – je cite.

Les mois suivants je ne me suis pas sentie plus contrainte. À Saint-Michel, on trouvait toujours quelqu'un pour garder Frédéric si jamais on partait pour une balade dans le marais ou chercher des moules à L'Aiguillon. On le déposait, on le reprenait au retour. Au cas où, Annick Mory nous dépannait. À elle je donnais quelques sous qui complétaient sa paye de la laiterie. Pour un peu c'est elle qui m'aurait payée, tellement elle le trouvait mignon ce petit. Comme tout le monde d'ailleurs ; j'étais fière.

On était benaises, tous les trois. Pour autant je n'avais aucune intention d'en avoir un autre, c'est Jacky qui au bout d'un temps a eu envie d'une fille. Je ne sais pas si c'est l'agitation de 68 ou quoi mais ça lui est venu comme une fringale. J'ai arrêté la contraception mathématique, c'est-à-dire que je n'ai plus regardé de près les jours du mois, c'était la pratique la plus courante en ce temps-là, avec le retrait – moi la capote me bloquait qu'est-ce que j'y pouvais. Je crois bien que j'ai eu une période stérilet aussi.

D'accoucher à Luçon cette fois m'a permis de rencontrer la mère Merlet, une sage-femme formidable. Elle écourtait mon prénom, rien que pour ça je l'aurais adorée. Depuis le temps elle a dû quitter cette terre la pauvre. Une existence à faire naître ne dispense pas de mourir. Aucune existence. Le trou pour tout le monde, à peine nés. La vie passe aussi vite qu'un train, voilà la seule chose que j'ai vraiment apprise d'elle. J'aimerais bien croire, je n'y suis jamais arrivée, les curés c'est simple ils m'ont dégoûtée de la foi. Pourtant dans pas mal de circonstances une force de ce genre n'aurait pas été de trop. Il a fallu faire sans.

La mère Merlet a tenu à recoudre juste après l'expulsion, qui m'avait déchirée tout autant que la première. Là oui c'était douloureux – toujours pas d'anesthésie. Elle m'a fait un point, puis un deuxième, et comme elle jugeait nécessaire un troisième, j'ai dit non non s'il vous plaît ça suffit là, elle a dit si si un autre point, juste un Marie-Jo. Avec sa petite voix de grand-mère.

Comme elle était un peu féministe avant l'heure, elle avait accepté que Jacky assiste. Enfin, pas accepté, imposé, parce qu'il ne l'avait pas vraiment demandé. Pendant tout le tralala elle lui a fait tenir à bout de bras le broc au-dessus de moi pour me nettoyer à mesure. Quand c'est sorti, le cordon s'était plus ou moins coincé entre les jambes il a cru que c'était un zizi, il a eu un haut-le-cœur et puis non en fait. Il s'est illuminé. Pourquoi il tenait tant à avoir une fille j'ai jamais su. On n'en avait pas parlé, on se posait pas de questions, les choses se passaient on s'adaptait, maintenant on avait une fille et un garçon et voilà, on a quitté le logement de fonction de l'école pour emménager dans la maison de la rue des Moulins, trois chambres, une grande salle à manger avec poutres, une cour devant et un jardin derrière.

Quatre sous un toit, en ce qui me concerne j'avais mon compte. Entretemps la pilule avait été légalisée, j'ai dit à Jacky on va aller ensemble chez le docteur. Il a dit que c'étaient mes affaires. Je n'ai pas trouvé ça si scandaleux. C'est dans les souvenirs en boucle provoqués par son départ vingt ans après que je me suis jugée bien faible de ne pas avoir insisté. Sur le moment c'est passé tout seul, je n'étais pas le genre à m'arrêter sur des détails, depuis le début je prenais les jours comme ils venaient, une occupation en balayait une autre, sans me poser de questions.

J'ai quand même eu un geste de résistance, en ce sens que je ne suis pas du tout allée chez le docteur. J'ai continué sans pilule, ce qui a rendu possible l'accident suivant, un an et demi plus tard. En plus ça ne s'est pas fait un soir très glorieux. On revenait d'un gros apéro chez les Boisseau, on avait un petit coup dans le nez, et Jacky m'est monté dessus sans trop me demander mon avis. Disons que si j'avais été réticente c'était pareil.

Du coup, troisième grossesse alors qu'à la base je n'étais pas convaincue d'en vouloir ne serait-ce qu'un. Les choses arrivent comme la pluie et le beau temps, sans vous demander votre avis.

Je suis quand même retournée voir le gars qui pratiquait les interruptions par piqûre. Ça n'a pas mieux marché que la première fois. Pas très fiable quand même ce médecin. Peut-être qu'à La Roche ou Nantes j'aurais eu un taux de réussite supérieur, la campagne des années 60 fallait voir le tableau, en gros c'était le XIXe siècle avec l'électricité en plus, et la télé au café-tabac les jours de match de rugby.

Après la naissance de Nathalie, une indication du docteur Ferchaud n'était pas tombée dans l'oreille d'une sourde : j'avais droit à un congé maternité de trois mois avant la naissance. Je ne me suis pas fait prier pour le prendre, j'avais envie d'être tranquille. J'ai eu tout le temps pour avaler la collection des prix Nobel achetée un jour à un colporteur qui nous avait fait pitié parce qu'il boitait. Peut-être qu'il boitait pour nous faire pitié. On avait préféré ne pas se poser la question. J'ai lu aussi une série nommée Les Portes de la vie, dont chaque tome met en scène des professionnels de l'éducation dans un pays différent, par exemple dans le premier on suit une institutrice japonaise au début du siècle. C'est drôle quand on y pense.

Comme ça de lecture en lecture le jour est arrivé de retrouver la mère Merlet, toujours pimpante, toujours sa petite voix aiguë pour dire, dans le couloir qui menait à la salle d'accouchement, qu'elle voyait déjà les cheveux du bébé. Et plus tard : jamais vu une si grosse tête dans un si petit trou.

Pourtant ç'a été l'accouchement le moins douloureux. Les deux premiers avaient dégagé le passage. Je ne sais pas si ça se vérifie avec les autres mères, à l'époque on ne parlait pas de ces choses, maintenant ce serait presque l'inverse, tous les livres sur la question c'est inimaginable, je me demande qui les achète. Moi je n'avais rien lu et tout s'est passé comme ça doit. D'ignorer l'alphabet n'empêche pas une chatte de mettre bas, à ce qu'il semble.

Pour celui-là j'ai ressorti et imposé ma première idée de prénom, mais les premiers mois on l'a surtout appelé gros pépère. Quatre kilos deux, dis donc. Ensuite ça a été l'inverse de son grand frère, il a maigri, va savoir pourquoi. Peut-être que ça se régule tout seul.

Dans la foulée je suis allée me faire prescrire la pilule. J'arrêtais de bouder. D'une certaine manière François est né parce que j'ai fait ma mauvaise tête.

C'est peut-être pour cette raison qu'il a tardé à parler. Pas un mot en dix-huit mois. Un peu inquiète, j'ai questionné Paulette Caillaux dont le premier avait parlé tard. Je voulais qu'elle précise, tard ça signifiait combien exactement ? Elle a dit vingt mois, et ajouté que les bébés se taisent parce qu'ils sentent l'anxiété qu'ils créent chez la mère, ça leur fait un pouvoir sur elle qu'ils prolongent au maximum. Si tu cesses d'être anxieuse, elle a conclu, il parlera le lendemain.

J'étais un peu sceptique. Paulette c'était quand même la fille qui soufflait dans l'oreille de ses cochons soir et matin en prétendant que ça échauffait leur sang et donnait du bon boudin. Eh bien elle avait raison. Du jour où je me suis forcée à penser à autre chose, François s'est mis à parler. Beaucoup. De plus en plus. Et encore davantage en grandissant, tant et si bien que souvent j'ai eu envie de ressusciter Paulette pour qu'elle m'explique aussi comment le faire taire.

Au début j'ai séché. Pourtant j'aurais pu prévoir ce que François attendait de moi en m'offrant un verre au Perroquet un mois après la naissance du petit. Il avait vingt-sept ans, puisque moi vingt-six, et déjà tendance à en venir au fait sans traîner.

Il y est venu après la commande de deux Heineken : bon raconte-moi un peu tout ça.

OK mais par où voulait-il que je commence ?

Par le début, Juliette.

Ben oui mais c'est quoi le début ?

Il a dit qu'au moins je pouvais dater le moment où Raph et moi nous étions accordés sur ce désir d'enfant. J'ai dit que c'était flou, il a forcé son soupir de consternation pour dire qu'ah la la les gens sont de piètres historiens d'eux-mêmes, il faut se raconter putain, il faut ficeler les faits – même s'il est entendu qu'une vie ne se ficelle jamais exactement comme une histoire.

À partir de quel moment ça bascule, comme une chaise, c'est impossible à situer. Je séchais. Je séchais à l'oral de maternité. Faute de mieux j'ai dit : il y a un saut. Un pari. Une sorte de folie. La chose la plus naturelle du monde, la plus commune disons, est aussi la plus folle. La chose la plus banale est la plus extraordinaire.

Or raconter induit que j'ai un minimum capté ce qui m'est arrivé, j'ai ajouté.

Pas forcément. On peut raconter les choses sans les comprendre. Le récit c'est justement la parole d'avant la maîtrise. La zone franche entre le silence et le savoir.

Un an plus tôt, le sujet était venu sur la table, était venu autour d'une table de ce même Perroquet. Jeanne avait dit qu'elle n'aurait jamais d'enfants par peur qu'ils soient cons, non mais t'imagines un fils militant RPR ? là franchement je me bouffe une couille. François avait ri avec tout le monde puis refroidi l'ambiance : si l'un de vous en fait un, qu'il nous épargne juste le mensonge d'une amitié qui continue comme avant. Quelque chose finira là, on ne peut pas avoir méthodiquement entretenu jusqu'à bientôt trente ans une camaraderie adolescente, pleine de bières et de clopes et de nuits bavardes, et impunément devenir parent, arrêtons de déconner.

Sortie glaçante mais inutile, surtout vis-à-vis des filles de la bande, dont aucune ne s'était prétendue capable d'être une mère soûlarde qui paye une baby-sitter les soirs de concert de Green Day et avale en rentrant du dentifrice à la menthe avant d'embrasser le bébé. Florence Foresti ne jouerait que quinze ans plus tard son spectacle postmaternité, l'idée qu'on puisse être à la fois mother et fucker émergeait à peine.

Les années 90. Sans portables ni boîtes e-mail.

Loin de moi la résolution de renoncer aux nuits festives découvertes comme un évangile en première année de fac de maths, après dix-huit années d'ennui à Geneston, 2 213 habitants. Par ailleurs, d'avoir été le témoin privilégié de l'antagonisme larvé de mes parents ne m'inclinait pas à créer un nid où règnent les mêmes sourdes mesquineries, la même crispante proximité de l'amour et de l'hostilité. Il se dit que certains fondent une famille pour racheter la leur, mais aussi que les enfants heureux avec leurs parents s'abstiennent d'en fonder une qui souffrirait de la comparaison avec son idyllique modèle. Il se dit beaucoup de choses. Il y a autant de cas que de gens. La chose la plus commune et la plus singulière du monde.

Vu mon allergie à la pilule et l'usage aléatoire de la capote en cette période de sexe souvent alcoolisé, j'avais même pensé à la ligature des trompes. Refiler à la science la responsabilité inassumable de trancher la question. Or c'est le définitif qui, dans la maternité, me rebutait – rien que les tatouages je n'ai jamais pu. Je n'allais pas m'épargner un définitif en en créant un autre.

Mes trompes ont été épargnées. Je ne regrette pas. Ça fait juste froid dans le dos. À quoi tient la vie quand même, la vie de mon petit.

Sans enfant j'aurais été heureuse aussi peut-être. Peut-être plus épanouie. Peut-être écrit le livre sur Marie Curie qui sommeillera encore longtemps dans un coin de mon cerveau. Je me serais offert ce luxe. La vie c'est au mieux choisir une joie contre une autre. Pour les peines c'est différent, elles vous tombent dessus sans que vous les ayez pointées sur un rayon de la boutique des peines, finalement je vais prendre le cancer du sein s'il vous plaît, oui voilà celui-là en haut de la pile. Le cancer du sein il tombe du rayon tout seul, je sais de quoi je parle, et hop vous finissez votre vie avec une prothèse mais c'est pas la question. La question ici c'est le début. Le désir, et si c'en est un.

Le désir ne doit pas être confondu avec les causes, qui elles-mêmes n'équivalent pas aux circonstances. D'un système complexe de circonstances est né un enfant. Rencontre d'un mec super et qui l'est resté même après la séparation + inconséquence de l'amour + goût incurable pour l'enfance + facteur X = je me retrouve maman.

Le facteur X peut prendre la forme du hasard, qui en l'occurrence a pris la forme d'un malentendu. On s'est mal entendus. Un soir de mai Raph m'avait retrouvée place du Bouffay pour notre première cuite en terrasse de l'année 97. Soudain dans la lumière cuivrée je me suis sentie puissante, amoureuse, et j'ai dit fais-moi un baiser, il a répondu OK on fait un bébé.

Véridique.

Certains diront qu'il n'y a pas moins hasardeux que ce hasard, pas moins signifiant que ce lapsus auditif, et que Raph a entendu ce qu'il a voulu. Ils diront même que je me suis arrangée pour qu'il entende ce qu'il voulait et par suite exprime ce que je voulais entendre. La preuve, je n'ai pas relevé la mésentente. Je l'ai saluée par un sourire et c'était parti, on aurait un enfant.

Je n'exclus pas non plus que nos préventions communes contre le solennel nous aient empêchés jusque-là de nous avouer, l'un à l'autre et séparément, que nous en avions envie.

A priori notre situation interdisait le saut. Raph avait arrêté la fac d'histoire et vivait de ses minicachets au noir de roadie sur des tournées de punk-rock. Moi j'excellais à ne pas terminer ma thèse pour repousser ma première année d'enseignement à Tourcoing ou Mantes-la-Jolie – au moins, serveuse le week-end c'était dans l'environnement nantais que ça se passait. Mais si les gens devaient attendre d'avoir du fric pour devenir parents, il n'y aurait que des gosses de riches.

On habitait dans une chambre meublée sous les toits où il n'y avait clairement pas la place pour un troisième occupant, même aussi minuscule qu'un bébé. J'ai dit qu'on le poserait sur le rebord de la fenêtre comme un bac de géraniums, et Raph qu'avec un peu de chance il tomberait.

N'ayant aucune expertise sur les modalités exactes du processus, on s'en est remis au destin biologique, qui est l'autre nom du hasard, qui est l'autre nom de la nécessité. Pour Raph ça a essentiellement consisté à ne plus se retirer pour éjaculer entre mes seins ou sur mon dos.

En juillet la bande s'est retrouvée pour trois semaines dans la maison de Pornichet des grands-parents de Seb. À première vue la promiscuité suspendait les manœuvres procréatrices. Mais le premier soir, nos corps épuisés par une piteuse pêche aux palourdes se sont vautrés devant une VHS des Valseuses. Raph connaissait par cœur, il est monté s'allonger. Je l'ai rejoint dans la chambre pour l'enfourcher, l'excitation l'a réveillé et quelques minutes plus tard on a su que c'était fait, je ne peux pas l'expliquer alors je le raconte.

On a retrouvé les autres qui se marraient devant la scène où les deux zozos se partagent le cul de Miou-Miou sur la banquette arrière de la DS. Ou d'Isabelle Huppert, je ne sais plus. On a ouvert un whisky pour fêter ça mais sans rien révéler, par respect superstitieux du verdict ultérieur de la science.

Une odeur d'huître ne m'a plus quittée, que j'aurais attribuée logiquement à l'environnement si la bande avait perçu la même. Or chaque fois que je les prenais à témoin de cette odeur, Gilles ou un autre balançait la réponse classique à quelqu'un qui fait remarquer que ça pue : t'as le nez trop près de la bouche. Gilles ou un autre avait raison : ça venait de ma bouche. Ma salive était de l'eau de mer issue d'une huître. J'avais souvent envie de vomir aussi, mais pour le coup ça ne me distinguait pas au milieu d'alcooliques festifs torchés au rosé dès midi – une des raisons pleines de bon sens pour lesquelles, après le test positif dès le retour à Nantes, Raph a proposé qu'on l'appelle José prononcé à l'espagnole si c'était un garçon.

J'ai donc abordé le métier d'être enceinte, après tout pas beaucoup moins lucratif que celui de thésarde. Juste il fallait que j'apprenne sur le tas, sans trop compter sur ma bande d'animaux dénaturés qui a fêté la nouvelle par un concours de vodka.

Perdus dans une forêt, sans vivres ni couvertures, des gens comme nous tiendraient trois jours.

Le métier d'être enceinte est une forêt (rires).

Une forêt sans vivres où étrangement on grossit. Quand je lui ai confié que la déformation de mon corps me déprimait, le gynéco a dit que dans grossesse il y a grosse. J'ai dit putain mais oui bien sûr.

Devant la première échographie, j'ai appris que la fameuse boule d'angoisse est une vraie boule, ronde et qui serre. Je me suis dit : maintenant ça rigole plus, maintenant tu es en vie. Pendant vingt-cinq ans j'avais flotté dans une certaine incrédulité quant à la réalité de ma présence au monde. Là j'en étais. Les deux pieds dedans. Éthiquement empêchée d'en fuir. Pas d'issue possible.

C'est mon cousin Julien qui a suspendu mes spéculations obsédantes quant à la possibilité d'interrompre le processus. En mourant. À trente et un ans. J'ai honte mais tant qu'à raconter je raconte ce que je me suis raconté alors : que Julien est mort pour me convaincre de laisser vivre le bébé. Quelque chose, quelqu'un avait voulu qu'il boive comme un trou afin que sur le chemin du retour sa moto ne rate pas le mur d'enceinte de l'usine LU et que Didier continue à grossir dans mon ventre.

Le prénom avait été choisi par la bande, unanime moins Gilles qui préférait Iggy. Sur cette lancée Gaëlle a suggéré qu'il porte aussi mon nom, pour en finir avec le patriarcat verbal. Mais Jeanne a répliqué que deux noms c'est lourd, JB ajouté qu'à terme l'usage ferait sauter un des deux donc à quoi bon, François asséné que le poids du patronyme était dérisoire à côté de la globale mainmise de ses géniteurs sur l'enfant, et que parent de toute façon c'était un métier de droite. Décision a donc été prise de tirer au sort, solennellement, devant neuf huissiers attaqués par les premiers Ricard du soir. Comme le nom de Raph l'a emporté, Stéphanie a dit que le sexe fort contrôlait même le hasard.

Difficile de diminuer la consommation d'alcool dans ce contexte, sauf à ne plus mettre les pieds dans le périmètre délimité par nos trois bars attitrés, décision prise à l'unanimité par nous deux au sixième mois. Il nous restait les clopes et le sexe, deux sports auxquels on s'est adonnés allègrement, surtout le second. Mes poussées hormonales mettaient Raph dans un état proche du bonobo en rut. J'en profitais autant que possible, surtout que dehors c'était l'inverse : les mecs ne me regardaient plus. La fille du vitrier. Je désespérais de retrouver un jour le charme fatal qui m'avait valu le titre de Miss Camping à La Faute-sur-Mer en 1990. Quand la déprime poignait, je pensais à Julien, à sa moto, au mur de l'usine LU.

L'assistance médicale m'ayant informée que l'accouchement aurait lieu avant le terme, j'ai déduit qu'en bon camarade Didier voulait me soulager de mon mal de dos exponentiel ; et qu'il était aussi impatient de voir ma tête que moi la sienne. On avait dû lui parler de mon ancienne gloire estivale.

La Sécu ou je ne sais quoi m'a payé des séances d'haptonomie à domicile pour rehausser le bébé déjà rivé à la porte de sortie. La professionnelle avait un collier ethnique et procédait par caresses et massages soutenus par des incantations, comment dire, métaphoriques. À cheval sur moi elle entrait en communication avec Didier par des formules comme : ce ventre est un jardin, tu en es la fleur. J'étais pétée de rire. D'ordinaire aussi remuant que le chanteur à qui il devait son prénom, Didier restait de marbre. L'haptonome repartait dépitée. La porte refermée, il se remettait à bouger, farceur comme son père.

Farceur est-ce possible pour un père ? Est-ce qu'un père peut engueuler son fils d'avoir eu 19 en maths pour faire marrer la mère ? J'étais curieuse d'explorer l'oxymore, curieuse en général de voir ce teenager fan de NOFX endosser le costume de la responsabilité. Pour l'heure il maintenait un bon niveau de n'importe quoi. Il avait demandé à un pote de fac devenu menuisier de lui fabriquer un berceau en forme de guitare électrique. Le soir il posait un écouteur de casque sur mon nombril, prétendant que c'était la meilleure voie pour que Didier se pénètre d'emblée des paroles de Linoleum. Possessions never meant anything to me. J'ai dit c'est de la propagande dans l'œuf. Il a dit puisqu'on détient la vérité il est de notre devoir de la diffuser aux masses et a fortiori à mon fils.

Il prévoyait de filmer l'accouchement avec le caméscope de son père, mais en plans hypergros, pour fabriquer au montage un court-métrage abstrait-organique. J'ai dit : tu vas tellement pas le faire que tu seras même pas dans la pièce, toi pas plus que les autres.

Parce que bien sûr la bande avait prévu de former une ronde autour du lit et de délivrer, par la voix de Stéphanie, un message de bienvenue dans l'existence : les Wampas ont inventé le rock'n roll pour toi mon enfant, rien que pour toi.

J'avais ri de l'idée puis coupé net pour dire : hors de question.

Hors de question qu'à des proches je m'expose suant de douleur, l'entrejambe écartelé, et mal fringuée en plus. Le personnel médical je l'ai à peine toléré, et j'en ai fait depuis supprimer tous les membres par un tueur à gages.

Plus de témoins.

Pas même moi.

Nullus testis, nullus testis.

Pas de récit.

Juste une mention spéciale pour la sage-femme qui, pendant l'expulsion s'exclame : je vois ses cheveux. Et moi : il est bien coiffé j'espère. Et elle : un peu négligé, comme les jeunes de maintenant.

Cut.

Intérieur soir, salle d'accouchement, on me porte le bébé et par mégarde je l'appelle Julien. Heureusement personne n'entend.

Cut.

Intérieur nuit, chambre, hôpital plein de petits bruits angoissants, piège de l'irréversible. À ce moment, je comprends intimement les femmes qui étouffent leurs enfants dans la couveuse. Cette panique. La responsabilité d'un inconnu vous échoit, OK vous n'êtes ni la première ni la dernière. Mais cet inconnu n'est pas un Rom menacé d'expulsion confié à vous par une association humaniste, cet inconnu vient de vos entrailles, il en est le fruit dit-on, et vous l'arbre censé le faire pousser.

J'étais perdue.

Dans la forêt.

Seul me retenait de tout planter là l'orgueil de me soustraire à la banalité du baby-blues.

Avec les filles on avait discuté de l'allaitement. A priori je me disais que ça m'arrangerait techniquement, moi infoutue de ranger une cuisine je n'aurais pas à trimballer les accessoires requis, j'aurais tout sur moi, un sein et hop n'importe où ton fils boit, tu es tranquille.

Et ton mec est encore plus tranquille, avait objecté Jeanne.

Il peut continuer à se gratter les couilles devant Téléfoot, avait renchéri Gaëlle.

Jules dans le canapé et Bobonne à la cuisine, pour l'égalité ça commence mal, a résumé Steph.

On n'avait ni télé ni canapé, mais je m'étais ralliée à la cause. J'ai demandé qu'on laisse Didier dans la pouponnière les trois nuits passées à l'hôpital. L'infirmière a paru surprise, voire personnellement blessée – style l'affaire d'une femme est l'affaire de toutes – et pour la peine m'a laissée me débrouiller avec la poudre à diluer.

Grâce au biberon j'ai pu en effet me soulager de la moitié de la tâche, assurée avec enthousiasme par Raph, mais surtout, passé les deux semaines d'épuisement pur, renouer avec les soirées arrosées. On a fêté les dix-sept jours de Didier, puis ses vingt et un jours, puis bien sûr ses vingt-huit jours, important ça les vingt-huit jours, a dit François. C'est pas tous les jours qu'on a vingt-huit jours, a confirmé JB. Quand je pense que demain il aura vingt-neuf jours, a poursuivi Jeanne. Faudra fêter ça, a suggéré Seb.

Ça s'est fêté.

Et aussi les trente-deux jours, occasion immanquable à l'occasion de quoi Gaëlle a offert au petit un pyjama rose pour casser les codes de couleur normatifs – discours, applaudissements.

Didier a été baptisé à la Kro par des presque trentenaires qui se le refilaient en lâchant des blagues pour tromper leur embarras. On lui demandait des nouvelles de son frère E.T., lui racontait le dernier Godard, lui proposait une fellation tarifée. François s'était planté, rien n'avait changé. Toujours aussi cons.

C'est anatomiquement que j'ai le plus craint d'avoir laissé un bout de jeunesse dans la salle d'accouchement. Longtemps m'est restée la sensation d'avoir un sexe enflé, meurtri, abîmé, à peine dissipée par des examens rassurants dans la glace. Surtout : une impression de béance, et la crainte que Raph ne sente plus rien, et moi non plus du même coup. À l'interne venu contrôler la cicatrisation, j'ai osé demander si ça redeviendrait aussi serré qu'avant. Il a dit que la béance c'était dans la tête, pour s'en persuader il suffisait d'y mettre les doigts.

Le soir même on a eu un rapport sexuel de type chirurgical. Raph y est allé doucement, je disais faisgaffefaisgaffefaisgaffe. À défaut de réactiver le plaisir, ces retrouvailles ont levé l'inquiétude. Et déclenché un bombardement de questions : est-ce que si tu me connaissais pas tu saurais que j'ai eu un bébé ? Je suis plus large qu'avant ? Tu la sens la cicatrice ?

Au bout d'un mois j'ai retrouvé des sensations normales.

Et puis il y a eu un grand bond en avant.

Quand j'ai eu perdu assez d'hormones pour que les tissus se dégagent, j'ai commencé la kiné du périnée. La séance de rééducation quotidienne m'a appris que c'est ce bête muscle qui frétille quand le sexe devient vraiment bon. Depuis vingt-six ans j'avais ce truc à disposition et je ne m'en servais pas. Sa maîtrise donnait envie de rattraper le temps perdu, ouvrait des perspectives vertigineuses. Avec Raph, avec d'autres, avec moi-même. Je voulais tout. Je voulais la plénitude. Je voulais que mon fils trouve que sa mère était une sacrée nana, et qu'une fois doué de parole il m'encourage à me porter à nouveau candidate à l'élection de Miss Camping.

Au début de chaque année je suis comme tout le monde, mon envie d'y retourner est proche de zéro. L'angoisse monte à partir de la mi-août, on décompte les jours avant l'échéance, on s'inoculerait la grippe pour la repousser, on doute d'avoir assez de force pour encaisser un nouveau cycle de dix mois. Puis on y retourne et on la trouve la force, jaillie d'on ne sait quelle source, irriguant soudain des veines qu'on croyait faibles, qui le sont.

Moi donnant de la voix pour imposer l'écoute à une classe, je n'en reviens toujours pas. Moi prodiguant des leçons de grammaire et des menaces. Quand ils me font la misère je suis presque rassurée, dominée par eux comme je l'ai été par tout groupe je me retrouve telle qu'en moi-même, à peine plus vieille que ces enfants de douze ou treize ans.

À la plupart l'école ne donnera ni diplômes ni débouchés, alors je leur donne un peu de douceur. Parfois ils en ont déjà à la maison, de leur mère qui les élève seule, ou de parents dont les enfants sont l'unique bien. Parfois pas.

Un jour que j'avais formulé cet objectif minimal, un collègue de sciences physiques maghrébin a objecté que les élèves issus de l'immigration avaient droit à la même sévérité que les autres, qu'il y allait de l'égalité républicaine. Je n'ai pas discuté. Il aurait fallu dire que c'est une affaire religieuse et je le garde pour moi.

Moi qui ne crois pas en Dieu je crois en Dieu parmi eux. Si cette phrase obscure me passe par la tête, c'est qu'elle a sa part de clarté, une clarté lointaine, fragile, une flamme d'allumette dans la nuit venteuse.

Quand en conseil de classe un prof déblatère sur un élève, je ressens d'abord une colère que je serais bien incapable d'exprimer, mes mots s'emmêleraient dans les pinceaux de ma timidité. Une colère, et ensuite une désolation : de voir des gens surenchérir sur le lot de cruauté réglementaire livré par la vie. Pour moi à la base c'était simple, il y avait le donné brut, le donné brutal, et nous les créatures tâchions tant bien que mal de l'adoucir. En fait c'est plus tordu. Il y a semble-t-il des gens qui prennent librement l'initiative de la dureté. L'initiative, par exemple, de proférer que nous ne sommes pas les nounous de nos élèves.

Chaque hiver, une fille de l'équipe se révèle enceinte. Au sein du personnel en moyenne peu âgé d'un collège de banlieue c'est statistique. Un article de Femina expliquait un jour qu'à l'heure des comportements aléatoires, les profs et les instits étaient les derniers à programmer une naissance au printemps pour que l'été cumulé au congé maternité offre une plage de quatre mois sans bosser. Ils auraient tort de se gêner.

De jour en jour, de février en mars et de mars en avril on voit son ventre s'arrondir. Je trouve ça beau. Et émouvant qu'elle accorde encore de la patience à des dizaines d'enfants issus d'une autre chair, d'une autre histoire.

Au réfectoire ou en salle des profs, la présence de l'intéressée oriente les conversations sur son état. Des collègues en conçoivent une irritation où point un certain mépris. Moi je trouve sain qu'une femme enceinte soit d'abord requise par sa grossesse, et qu'on lui en parle. Bien que ces moments me laissent invariablement triste, je ne veux pas les lui faire payer en m'irritant à mon tour. Cette tristesse ne regarde que moi, que ma vie sans enfant.

Quand c'est arrivé à des copines, il n'y a eu que de la joie. De la joie pour le petit de Manon, ma meilleure amie de terminale L. De la joie pour la petite d'Habiba, la CPE de mon premier collège à Pantin, à qui pour l'occasion j'avais acheté une layette au Bon Marché. La vendeuse m'avait demandé si j'avais une fille ou un garçon.

Le soir où Marie m'a offert un verre pour m'annoncer qu'Hervé lui demandait un enfant, j'ai proposé qu'on trinque. J'avais mal cerné l'ambiance. En fait elle était terrorisée qu'il sanctionne son refus en la quittant. Soudain j'ai été à court de phrases. Comme elle attendait de moi un conseil, j'ai dit ce que je dirais de tout ce qui n'est pas la maladie et la mort : prends-le comme une chance. Mais c'est grâce que je pensais. Prends-le comme une grâce, c'est cela qu'il aurait été juste et sincère de dire. Je n'ai pas osé. Marie a allumé une cigarette avec la précédente et dit tu parles d'une chance ; de la chance c'est toi qui en as d'avoir un type comme François qui ne te soumet à aucune pression. J'ai dit que je n'en étais pas si sûre, et j'ai regretté aussitôt. On a repris un verre de Brouilly.

Un mois après notre rencontre, François m'avait dit je te préviens je suis pas un cadeau, sur certains aspects je suis même le contraire d'un cadeau.

Cette bombe avait sifflé très au-dessus de mes oreilles. Je ne pouvais pas croire que ce garçon colporte d'autres contrariétés que le trouble d'un vœu ancien qui s'exauce, d'une attente si précisément satisfaite qu'elle incommode, tord le ventre, brûle le cœur, et alors j'avais appris que l'amour n'attend pas de s'éteindre pour faire mal. Qu'au plus vif de sa flamme il est douloureux. Comme il y a une grimace dans la béatitude des curés.

Quelque temps après, il a rompu un silence de promenade d'un : tu vois par exemple avec moi une femme n'aura pas d'enfants. Sur un ton dégagé, et le par exemple comme antidote à la solennité du propos. Alors que ce n'était pas un exemple parmi d'autres. Ce n'est pas l'une des mille raisons pour lesquelles il n'est pas un cadeau. C'est la principale, et moi avec mes yeux amoureux je dirais la seule.

Une minute plus tard : tu signes avec moi tu signes avec ça. Je force personne à signer.

Le problème avec sa dureté c'est qu'elle est juste. Le problème avec sa justesse c'est qu'elle est dure.

Le problème c'est qu'il vous laisse la liberté de partir. Vous laisse trancher alors que là-dessus vous n'êtes pas tranchée. Là-dessus je n'ai pas d'idée. Ni désir d'enfant ni pas question. Dilemme trop vaste pour la petite chose que je suis. J'ai avancé dans l'existence avec pour seul horizon d'être encore vivante dix secondes plus tard, pour seul objectif de maintenir debout mon corps enrhumé par une brise – éviter qu'il tombe et que la foule du trottoir le piétine par inadvertance. Mon pied gauche mal fichu à la naissance. Des vacances de pauvres en Normandie pour le bon air. Une attelle pour mes nuits de bébé. Ma mère qui pleure en me manipulant les chevilles comme la kiné lui a montré. Les semelles orthopédiques pour marcher à peu près droit. Encore aujourd'hui une légère claudication.

Parfois je lui dis : c'est pas normal comment on vit, on devrait habiter ensemble puisqu'on s'aime. Lui : parce qu'on veut être normaux ? On n'aime plus Rimbaud ? Il feint de ne pas comprendre qu'on peut admirer la marge et désirer le centre, que pour une fille comme moi la normalité est déjà une conquête. Un toit, manger à sa fin, pas trop souffrir, pas essuyer trop de tirs. Pas tomber dans une folie soudain moins rigolote, dans la vraie perturbation la vraie dépression. Je fais partie des gens qu'abordent les marginaux qu'on voit monologuer dans la rue. Ils me repèrent, comme une sœur. Une clocharde éructant des phrases incompréhensibles sur un quai de métro, je la vois comme une possible image de moi dans dix ans. Quand je reproduis son monologue aviné François trouve ça très réussi – et aussi mon imitation de la guenon adoptée.

Parmi mes copines, une mère de moins de trente ans est une anomalie. À cette aune j'ai longtemps été dans la norme. Aujourd'hui chaque tour de calendrier m'en écarte. À trente-quatre ans j'ai passé la moyenne nationale. Le mois dernier j'ai demandé à ma gynéco jusqu'à quand c'était possible. Réponse : jusqu'à quarante-quarante-deux ans sans problème, à quarante-cinq une fécondation in vitro sera peut-être nécessaire, et qu'est-ce que je dois entendre dans votre question ? J'ai dit : rien, c'est histoire de. Elle a dit : ah non, sur ce sujet il n'y a pas d'histoire de.

Pourtant si.

Puisque les dés sont jetés. Puisque c'est ainsi qu'on va vivre, orphelins d'enfants. Puisqu'il s'agit désormais de baigner de paix cette situation plus ou moins consentie. Puisque tout est grâce.

Il n'y aura ni pression sociale ni horloge biologique. Je suis au-delà de la pression, au-delà de l'horloge. Il y aura juste quelques anges qui passeront dans mon estomac quand le sujet des enfants s'invitera à une table de collègues ou d'amis.

Il n'y aura pas de pression familiale non plus. Depuis la mort de mon père, ma mère et ses deux filles se sont muettement passé le mot qu'il n'y aurait pas de descendance. Comme si cette rupture du contrat d'harmonie dans laquelle nous avions vécu tous les quatre avait cassé la ligne du temps, qu'il était depuis lors entendu que notre histoire se découpait, pour l'éternité, en deux strictes périodes : avant et après papa.

La nouvelle de la grossesse de ma sœur m'a tétanisée. François a trouvé ingrate cette réaction. Il a dit qu'une vie en plus, même celle d'un pou, est toujours une bonne nouvelle, et qu'est-ce que tu préférerais putain ? que ta sœur t'annonce qu'elle a la sclérose en plaques ? Pour justifier l'injustifiable j'ai attrapé au vol le pauvre argument qu'il était anormal que ma sœur devienne mère avant moi son aînée. Là je l'ai senti au bord de l'irritation, comme à chaque fois que je délire sous le couvert de la logique, et alors à titre de diversion il s'est mis en position blague. Il m'a appelée tata Zabelle toute la journée, chaque fois j'en avais un haut-le-cœur, je lui disais arrête c'est pas drôle, il disait si si c'est drôle puisque c'est de moi, et il continuait cet imbécile, et plus vous le traitez d'imbécile plus il déploie d'efforts pour mériter l'insulte.

Puis j'ai commencé à en rire.

C'est drôle c'est pas drôle.

Comme quand il propose qu'on adopte un petit Chinois pour apporter des médailles à la France en ping-pong.

On ne peut pas rire de tout il faut rire de tout.

Parfois il prend une voix de connard pour dire qu'en guise d'enfants il a ses livres et que crois-moi l'accouchement est un martyre, oh oui une crucifixion mais c'est pour sauver l'humanité. Et il jubile de sa connerie.

Marie a décrit son accouchement comme l'expérience la plus extatique et la plus pénible de sa vie. Un condensé d'existence. À la maternité j'ai souri à son Diego, comme quiconque regarde un enfant – pourquoi ? quelle familiarité secrète s'atteste dans ce sourire universel ? Marie comptait sur moi pour ce qu'elle appelait le chapitre éducatif de la croissance de son fils, s'imaginant que je m'y entendais pour marquer la règle donner des repères poser les limites et comment dit-on encore. Elle se trompait. Je sais mieux prendre les gens pour ce qu'ils sont que les modifier.

Je ne veux pas changer la vie, je veux m'y poser, comme une coccinelle sur une épaule et sans la chatouiller. L'épaule ne sent rien et ainsi perchée, indolore, inaperçue, je regarde ce qu'il y a.

À la sortie de la séance d'Oncle Boonmee, au Gaumont Opéra, j'ai semé François dans l'escalier pour m'accorder quelques larmes tranquilles sur le trottoir. Quand il m'a retrouvée il m'a prise dans ses bras en me disant que lui aussi était ému. Depuis on joue souvent le dialogue entre Boonmee et Huay sa défunte femme quand elle lui apparaît. Lui : je me demandais si là où tu étais tu te sentais bien. Moi : oui oui ne t'en fais pas. Lui : est-ce que tu as bien reçu mes offrandes ? Moi : oui, merci, elles m'ont emplie de joie. Lui : je n'étais pas sûr qu'elles te soient parvenues. Moi : ne t'inquiète jamais. Lui : comme tu as dû avoir peur à l'approche de la mort, et tu ne t'es pas plainte. Moi : je ne voulais pas que nous soyons deux à souffrir. Lui : je crois pas qu'elle lui dise ça à ce moment. Moi : si si je t'assure. Lui : on n'a pas vu le même film. Moi : mais on l'a aimé tout pareil. Lui : oh oui on l'a aimé.

Huay morte depuis vingt ans s'assoit à la table de son mari. Son corps inaltéré mais des gestes lents, sages ou fantomatiques, les deux. Elle est morte elle n'est pas morte. Il n'y a pas de fin il n'y a pas de début. Tout autour la forêt bruit de créatures qui sont à la fois des hommes et des bêtes, des hommes devenues des bêtes qui deviendront des hommes et ainsi de suite, ça n'aura pas de fin et l'idée même qu'il y ait eu un début se dissipera dans l'infini retour de toute chose, de tout être.

Entre deux arbres souffle une vache égarée, affranchie de la corde qui la rivait à un pieu. Un homme bridé approche et l'invite d'un doux claquement de langue à réintégrer le troupeau. Ou bien c'est elle qui domestiquera l'homme. Moi : on aura une maison pour y mettre une vache. Lui : des chats surtout.

— Oh oui trois chats.

— Et deux singes.

Remerciements chaleureux et désordonnés à Nathalie, Anne, Gwenola, Marie, Candice, Gaelle B, Gaelle P, Violaine, Valérie, Marie-Jo, Sophie, Pascale, Robin, So et Jérôme, Virginie, Carole, Émilie, Kamelia, Steph, Camille.

AUTOPORTRAIT

Si j'avais à me décrire de la tête aux pieds, je commencerais par la tête et finirais par les pieds.

Ma tête a longtemps été jugée grosse par ma mère. Puis par les journalistes.

Les esprits bienveillants qui me recommandent des implants ignorent que ma calvitie est volontaire, mûrement méditée.

J'ai des yeux clairvoyants et des oreilles qui respirent l'intelligence.

Mon nez n'est pas très doué en odorat. Il a d'autres talents, comme l'imitation du lapin.

Sans la science je serais passablement édenté.

En revanche le menton n'a pas été refait.

Ni retendue la peau de mon cou.

Je n'ai pas beaucoup de poitrine.

Le grain de beauté sous mon téton gauche est une marque d'allégeance à l'Islam.

Mon nombril se croit le centre du monde.
À l'inverse des mains qui s'activent en marge, tournicotent, attrapent une mouche, la portent aux lèvres qui la gobent.
Ce qui explique mon foie déglingué.
À côté on dirait presque que mon sexe fonctionne.
J'ai autant de genoux
que de chevilles
et de pieds.
C'est logique.
C'est bien foutu.
Je suis bien foutu.
Quand je me regarde je me dis qu'il y a un Créateur, et un sacré.
Un amoureux de l'Harmonie.
Je suis harmonieux. Gageons que je suis immuable et immortel, sinon ce sera une grosse perte.
Ma mort sera une grosse perte pour moi.

FRANÇOIS BÉGAUDEAU

Vient de paraître dans le domaine « Fiction » :

COLLECTION « PABLOÏD »
Belinda Cannone, *Le baiser peut-être*

ROMANS
Thomas Vinau, *Nos cheveux blanchiront avec nos yeux*
Arnaud Dudek, *Rester sage*

À paraître :

COLLECTION « PABLOÏD »
Geneviève Brisac, *Moi aussi je voudrais voir un pingouin*
Antoine de Baecque, *La souffrance*
Alain Mabanckou, *La mort*

ROMANS
Messaoud Benyoucef, *Colline 3*
Laetitia Chazel, *Dégoût*

Composé par Nord Compo Multimédia
7, rue de Fives, 59650, Villeneuve-d'Ascq

Cet ouvrage a été achevé d'imprimer en France
en janvier 2012
par Normandie Roto Impression s.a.s.
61250 Lonrai

N° d'impression : 114885
Dépôt légal : janvier 2012